PAUL LASCAUX

Goldstern

EISIGER TOD Heinrich Müller erhält von der Polizei einen Tipp: In der Rechtsmedizin ist eine Eisleiche vom Oeschinensee eingeliefert worden. Sie stellt die Mediziner vor ein Rätsel. Kurze Zeit später wird im Alpinen Museum Bern eingebrochen und die kulturhistorisch wertvolle Sammlung von Eugénie Goldstern gestohlen. Sie besteht aus Gebrauchsgegenständen und Kinderspielzeug aus dem alpinen Raum. Prunkstück ist der »Bessaner Teufel«. Nachdem feststeht, dass der Mann im Eis ein bekannter Berner Politiker gewesen ist, und nachdem alle anderen Spuren im Sand verlaufen sind, konzentrieren sich die Ermittlungen auf das Lötschental. Ein touristisches Megaprojekt, das ein Spross einer ausgewanderten Familie auf einer Alp oberhalb des Tals plant, stößt auf beträchtlichen Widerstand. Dabei findet ein Lokalpolitiker bei der Besichtigung der Baustelle den Tod. Die Detektei Müller & Himmel ermittelt und entwirrt ein Geflecht von Abhängigkeiten und Rachefeldzügen. Allmählich laufen alle Fäden zusammen und bald stellt sich die Frage: Ist die Wolfshexe an allem schuld?

Paul Lascaux ist das Pseudonym des Schweizer Autors Paul Ott. Der studierte Germanist und Kunsthistoriker, geboren 1955, ist am Bodensee aufgewachsen und wohnt seit 1974 in Bern. In den letzten 30 Jahren hat er neben zahllosen journalistischen Arbeiten mehrere literarische Veröffentlichungen realisiert, vor allem Kriminalromane und kriminelle Geschichten. Auch als Herausgeber von Krimi-Anthologien und Initiator des Schweizer Krimifestivals Mordstage hat er sich einen Namen gemacht. »Goldstern« ist bereits der neunte Krimi um die Detektei Müller & Himmel.

Bisherige Veröffentlichungen im Gmeiner-Verlag:
Nelkenmörder (2015)
Burgunderblut (2014)
Schokoladenhölle (2013)
Mordswein (2011)
Bern und die Hauptstadtregion (2011, mit Fritz von Gunten)
Gnadenbrot (2010)
Feuerwasser (2009)
Wursthimmel (2008)
Salztränen (2008)

Als Herausgeber (unter dem Namen Paul Ott):
Berner Blut (2013)
Zürich – Ausfahrt Mord (2011)
Sterbenslust (2010)
Gefährliche Nachbarn (2009)
Bodensee-Blues (2007)

PAUL LASCAUX

Goldstern

Ein Fall für Müller & Himmel

GMEINER SPANNUNG

*Personen und Handlung sind frei erfunden.
Ähnlichkeiten mit lebenden oder toten Personen
sind rein zufällig und nicht beabsichtigt.*

Besuchen Sie uns im Internet:
www.gmeiner-verlag.de

Im Ehnried 5, 88605 Meßkirch
Telefon 07575/2095-0
info@gmeiner-verlag.de

1. Auflage 2016

Lektorat: Dominika Sobecki
Herstellung: Julia Franze
Umschlaggestaltung: U.O.R.G. Lutz Eberle, Stuttgart
unter Verwendung eines Fotos von: © mojolo / Fotolia.com
Druck: CPI books GmbH, Leck
Printed in Germany
ISBN 978-3-8392-1957-7

»Der Umzug der Roitscheggen fand an den Fasnachtstagen nachmittags statt. Alles flüchtete, wer konnte. Die Häuser wurden geschlossen. Kein Weibsbild durfte auf die Strasse, auch keine Knaben unter 20 Jahren, sonst bekamen sie den Aschensack um den Kopf. Und wirklich war es etwas Schaudererregendes, wenn etwa zwanzig so maskierte Männer, wie Stiere brüllend, paarweise durch die Gassen zogen.«

F. G. Stebler: »Am Lötschberg. Land und Volk von Lötschen« (1907)

PERSONAL

Heinrich Müller: Privatdetektiv *Detektei Müller & Himmel*, Ex-Polizist, wohnt in Bern, deutlich über 50 Jahre alt

Nicole Himmel: Anthropologin, arbeitet im Alpinen Museum der Schweiz und in der *Detektei Müller & Himmel*, immer noch 29 Jahre alt

Mathilda: eine lebhafte Dame, im 9. Katzenjahr

Markus Forrer: Kontaktmann bei der Polizei

Dr. Augsburger: Rechtsmediziner, ein junger Mann ohne Eigenschaften

Die drei Grazien, immer noch jugendlich ungestüm:
Melinda Käsbleich
Phoebe Helbling
Gwendolin Rauch

Kurt Arnold: Der Kandersteg-Ötzi

Ueli Wanner: Police Bern Kandersteg

Kantonspolizei Wallis, Gendarmerieposten Visp:
Innelor Hosenden
Hans Jennitz

Kantonspolizei Wallis, Kriminalpolizei Sitten:
Anne Willis
Simon Zerzuben

Menschen im Lötschental:
Nesa Blantscho: Pressesprecherin »Lötschenblick«
Peter Eschiller: Gemeinderat Ferden
Gabriel Furer: Kurator des Lötschentaler Museums
Thrina Huoter: Gemeinderätin Blatten
Magdalena Im Ager: Tourismusbeauftragte Wiler

Menschen im Alpinen Museum:
Raphaela Bigler
Der Direktor
Die Kuratorin

Familien Lötschental:

	Familie Kippeler	Familie Brand	Familie Zerbrigg	Ereignisse
	Kippel	*Wiler*	*Blatten*	
Urgroßeltern, Bauern	Marius Kippeler: ausgewandert im 19. Jahrhundert	Regina Brand: 1879–1918 Bruno Brand: 1864–1916	Niklaus Zerbrigg: 1881–1908 Maria Zerbrigg: 1883–1971	Lötschbergtunnel: 1906–1913
Großeltern, Bauern	Linus Kippeler: erfolgreich in der Fremde	Ivo Brand: 1910–1985 Zita Brand: 1919–1983	Peter Zerbrigg: 1907–1978 Antonia Zerbrigg: 1916–1988	
Eltern, erste Generation mit Ausbildung außerhalb des Tals		Moritz Brand: 1946, Primarschullehrer in Wiler Emma Brand: 1949, Kindergärtnerin in Wiler Anna Brand: 1951, Schwester von Moritz, Juristin in Brig	Anton Zerbrigg: 1949–2015, Baufirma/Privatier Beatrice Zerbrigg: 1960	
Kinder	Martin Kippeler: kehrt heute als Investor zurück		Bernhard Zerbrigg: 1990, studiert in Bern Anthropologie Georg Zerbrigg: 1991, studiert in Bern Pharmazie Wendelin Zerbrigg: 1992, Schweizergarde im Vatikan/Söldner	Lötschberg-Basistunnel: 1999–2007

PROLOG

Minus 18 Grad war es an diesem Januarmorgen, und mit der Sonne war kaum zu rechnen. Zwar hatte man in Kandersteg unten noch eine vernünftige Sicht, aber hier oben hing dicht und fett der Nebel und hüllte die Gipfel ein, das Doldenhorn, das Fründenhorn, das Blüemlisalphorn, das Dündenhorn – der Mann würde sie heute nicht zu Gesicht bekommen.

Er hatte absichtlich nicht die erste Gondel der neuen Seilbahn gewählt, wie es sonst seine Art war, sondern abgewartet, bis eine Gruppe von Skitouristen den Eingang in Beschlag nahm und somit die Sicht auf die Fahrgäste einschränkte. Er war sicher, dass ihn keiner beobachtet hatte.

Zu seinen weiteren Vorsichtsmaßnahmen gehörte ein weißer Umhang über der dick wattierten Jacke und eine ebenso weiße Kapuze, die er über den Kopf zog, nun, da er nach einem 20-minütigen Fußmarsch endlich auf dem Eis des Oeschinensees stand. Die Sicht verschlechterte sich beinahe von Minute zu Minute.

Ein Selbstmordunternehmen, dachte der Mann und lachte. Das Eis war wegen des bisher milden Winters erst 10 bis 15 Zentimeter dick, gerade genügend, um einen Mann seines Gewichts zu tragen. Über dem Eis lag Schneematsch, darauf eine dicke Schicht Pulverschnee, der für eine zusätzliche Dämmung sorgte und das weitere Einfrieren des Sees verlangsamte.

Er hatte mit seinem Kollegen einen Treffpunkt auf der gegenüberliegenden Seite unterhalb des Fründenhorns abgemacht, wo sich ein lichter Wald befand, der Lawinen daran hinderte, den See zu erreichen. Weiter hinten hätte man sich selbst gefährdet. Andererseits würde dort die Eisschicht noch etwas dünner sein.

Langsam stapfte er in seinen wasserdichten Stiefeln durch den Pflotsch, sorgsam darauf bedacht, dass die Nässe nicht an ihm hochkroch und sich in seinen Kleidern verfing. Erfrierungen wären die Folge gewesen. Die beiden Restaurants am gegenüberliegenden Ufer waren kaum mehr als dunkelbraune Silhouetten. Noch hatten sich keine Eisfischer auf den See bemüht, um den einen oder andern Saibling zu fangen, den die kantonale Fischereibehörde im Sommer hier ausgesetzt hatte.

Sein Kollege würde auf dem Schneemobil die Straße hochfahren. Erst am Nachmittag war mit Touristen zu rechnen, die mit Schlitten in rasanter Fahrt nach Kandersteg hinunterrutschten. Er selber war in seinem weißen Anzug auf dem See nur dann als schemenhafte Gestalt zu erkennen, wenn er sich gegen den dunklen Felshintergrund abhob.

Endlich erreichte er das Ufer. Ein paar Meter davon entfernt packte er seinen Rucksack aus und legte das, was er gerade brauchte, in den Pulverschnee, sorgsam darauf bedacht, dass nichts nass wurde und einfror. Er setzte den Handbohrer zusammen, ein Gerät mit einer groben Drehschraube, die es ihm erlaubte, ein Loch mit 20 Zentimetern Durchmesser in das Eis zu bohren. Normalerweise hätte er jetzt mit einer Schöpfkelle die Eispartikel, die sich sofort an der Oberfläche bildeten, herausgehoben, damit er die Angel ins Wasser halten konnte.

Heute jedoch hatte er andere Pläne. Er bohrte geduldig ein Loch nach dem anderen, bis er erste Schweißperlen unter seinen Schultern fühlte. Jetzt nicht nachlassen, dachte er, gleichzeitig war er sich der Gefahr bewusst, der er sich aussetzte. Es konnte jedoch nicht mehr lange dauern. Sorgsam bedeckte er die Löcher mit Pulverschnee.

Zum Glück trug sein Kollege eine rote Jacke. So erkannte er ihn von Weitem, als er auf dem Schneemobil am Ufer entlang brauste und es auf sicherem Boden zum Halten brachte. Sein Bekannter stapfte nun auf ihn zu, winkte wild mit den Armen und rief etwas, was er nicht verstand.

Schließlich hatte er ihn erreicht.

»Das ist aber ein seltsamer Ort für eine Wette«, sagte er und lachte, als er die Angel erblickte, die neben einem Eisloch lag. »Hat einer angebissen? Haben sie so früh am Tag bereits Hunger? Ich schon.«

Halt die Klappe, dachte der Mann und öffnete die Arme zu einer herzlichen Begrüßung.

Der andere stolperte auf ihn zu, und der letzte Schritt war ein Stolpern zu viel. Sein Fuß sackte weg und mit ihm das Bein bis oberhalb des Knies. In seltsam verdrehter Stellung versank das andere Knie langsam im Matsch. Die Sprüche waren dem Kollegen im Hals stecken geblieben. Es flehten nur noch die schreckerstarrten Augen.

»So kann ich dich ja nicht liegen lassen«, brummte der Mann, »du leuchtest wie ein Augustfeuer.«

Irgendwo über ihm krachte das Gletschereis.

Er aber behielt seine Ruhe. Er zog eine kleine Pistole aus seiner Jackentasche, zeigte sie seinem Bekannten, setzte die Waffe an dessen Schläfe an und drückte ab. Dann zog er seinem Kollegen den rechten Handschuh aus, steckte den Zeigefinger in den Abzug der Pistole, drückte noch einmal ab, schoss diesmal in den Schnee.

»Es braucht eine Schmauchspur, sonst glaubt man mir nicht, falls man mich je verdächtigt«, erklärte er, obwohl ihn keiner mehr hören konnte. Der Nebel hatte die beiden nun vollends eingehüllt, und er schluckte auch den zweiten Schuss.

Mit einer ihm selbst unerklärlichen Ruhe streifte er seinen Überwurf ab und legte ihn auf seinen Kollegen, der nun im Weiß verschwand. Das war der Schwachpunkt des Unterfangens. Vielleicht blies der Wind den Schnee weg, bevor das Eis tauen und der Körper im Wasser in die Tiefe sinken würde.

Inzwischen begann es zu schneien. Schwere Flocken legten sich wie ein Leichentuch über den Oeschinensee.

Schließlich packte der Mann seine Geräte, schüttelte die dunkelbraunen, leicht verschwitzten Locken, an denen bereits Eiskristalle hingen, und verließ die kalte Hölle. Er watete hinüber zum Ufer, hockte sich auf das Schneemobil, fuhr nach Kandersteg und ließ es am Bahnhof stehen.

Es war Mitte März, gegen Ende der Saison, als die ersten lauen Lüftchen durch den hochalpinen Talkessel des Oeschinensees zogen und das Eis zu knarren begann. Die Eisfischerzeit neigte sich ihrem Ende zu, die hinteren Teile des Sees waren bereits gesperrt. In der Nacht zum 15. März hatte ein kräftiger Talwind den Schleier von einem Verbrechen gelüftet, das der See beinahe in seinen Tiefen begraben hätte. Ein Eismeister bemerkte bei einem Kontrollrundgang etwas leuchtend Rotes, das er bisher nicht wahrgenommen hatte. Als er den Gegenstand vom Ufer aus mit dem Feldstecher in Augenschein nahm, erkannte er den kräftig behaarten Hinterkopf und die Schultern eines Mannes.

Es blieb dann aber der Polizei überlassen, den Leichnam zu bergen, gefroren und gut erhalten. Nur das Gesicht war nicht auf den ersten Blick zu erkennen.

DONNERSTAG, 23. APRIL 2015

Der April zeigte sich von seiner besten Seite, das Wetter prahlte mit Sonnenschein und Wärme. Vor dem »Schwarzen Kater« waren die Tische der Pergola bereits gut besetzt. Heinrich Müller hatte hier draußen gefrühstückt. Mathilda strich ständig um seine Beine, den Schwanz in die Höhe gereckt, die klaren Augen aufmerksam auf den Detektiv gerichtet.

Nach dem Tod des Katers Baron Biber war sie von einer gewissen Verunsicherung befallen worden, die sich nach zwei Wochen in gesteigerte Zuneigung gewandelt hatte. Inzwischen hatte die Katze Heinrich Müller vollständig annektiert, hatte an seiner Seite ihren Platz gefunden, den sie um keinen Preis mehr aufgeben würde. Es beruhte auf Gegenseitigkeit.

Jeden Morgen, wenn Heinrich die Augen öffnete, blickte er auf Botticellis Zeichnung der Simonetta Vespucci, jeden Morgen erinnerte sie ihn an seinen größten Erfolg, aber auch daran, dass er Detektiv war und seither nichts mehr erledigt hatte. Es gab noch nicht einmal den Ansatz eines neuen Falls, und wenn es so weiterginge, müsste er den Botticelli verkaufen, um nicht jeden Rappen im Portemonnaie umzudrehen.

»Du hast wenigstens noch deinen Teilzeitjob im Alpinen Museum«, sagte er, ohne zu grüßen, zu Nicole Himmel, die sich eben mit einer Tasse Tee an seinen Tisch gesetzt hatte und den Schlaf aus ihren dunkelbraunen Locken schüttelte.

»Auch dir einen schönen guten Morgen«, murrte sie.

»Danke, gleichfalls«, erwiderte er. »Ich war grad in Gedanken.«

»Finanzielle Probleme?«, fragte Nicole.

»Noch nicht«, antwortete Heinrich. »Aber wenn es so weitergeht … Man würde annehmen, dass eine erfolgreiche *Detektei Müller & Himmel* mit Anfragen nur so überhäuft würde, dass man Aufträge ablehnen müsste …«

Nicole frotzelte: »Dich mag keiner.«

»Keiner?«

»Na gut. Ich vielleicht«, fügte sie an. »Und Mathilda. Gib ihr doch endlich etwas zu fressen.«

»Sie nimmt nichts vom Tisch, kein Fleisch, keinen Fisch, sie ist programmiert auf Katzenfutter aus dem Beutel.«

»Hast du gehört, Mathilda?«, wandte sich Nicole an die neunjährige Dreifärber-Tigerdame und streichelte ihren Kopf, bis sie schnurrte. »Wegen dir muss Heinrich wieder arbeiten. Er selber ist ja so genügsam. Aber er hat noch keinen Plan.«

»Danke für die Aufmunterung«, brummte der Detektiv.

An den Tisch in der Ecke der Pergola setzen sich die »drei Grazien«, Melinda Käsbleich, Phoebe Helbling und Gwendolin Rauch, aufgekratzte Girls, frisch aus der Testabteilung von H&M, und erzählten ausgelassen von ihren Flirterlebnissen. Melinda blätterte in der Gratiszeitung, die sie aus dem Kasten neben dem Tramhäuschen auf dem Breitenrainplatz mitgenommen hatte. Dann kicherte sie plötzlich, stellte ihre Kolleginnen ruhig und referierte so laut, dass das halbe Quartier damit beschallt wurde: »Da steht was Tolles über Lady Gaga: Sie glaubt, wenn sie mit jemandem schlafe, könne diese Person ihre Kreativität durch die Vagina hindurch stehlen!«

Langsam sickerte die Erkenntnis in die Gehirne, dann prusteten die jungen Frauen los, und Phoebe meinte: »Also, ich lasse keinen Dieb in meine Vagina …«

Nicole schloss für ein paar Sekunden die Augen und sagte: »Das beunruhigt mich. Ich werde alt.«

Heinrich nuschelte etwas Unverständliches und griff zu einem Buch, das neben dem Teller lag. Er schlug es auf, ihm fiel ein Foto in den Schoß.

»Eine neue Kategorie der Erkenntnis«, begann er, »Dinge, die Leute in Büchern vergessen, die andere Leute auf Flohmärkten oder in Brockenhäusern kaufen. Letzthin habe ich eine Eintrittskarte für ein Spiel von Bayern München gegen Borussia Dortmund gefunden.«

»Die eine oder andere Banknote käme wohl gelegener«, meinte Nicole.

»Das schon. Aber in meinem ganzen Leben habe ich bisher nur eine einzige gefunden. Das ist wie ein Gewinn im Lotto.«

»Du spielst gar kein Lotto. Wie willst du denn so gewinnen?«

»Aber ich kaufe Bücher. Da könnte doch auch ab und zu ein Gewinn drin stecken.«

»Das wäre überhaupt mal ein Geschäftsmodell. Zum Beispiel liegt in jedem 99. Buch ein Gewinn, eine Zehnernote oder ein Gutschein für eine Übernachtung oder einen Restaurantbesuch. Und nur in eingeschweißten Büchern. Ich würde einen Testlauf machen, um festzustellen, ob das den Absatz steigert.«

Heinrich blickte auf seinen Gewinn. In Walter Mosleys vom Vorbesitzer offensichtlich nur angelesenem »Der weiße Schmetterling« musste das Foto zwischen den Seiten 18 und 19 gesteckt haben. Denn diese öffneten sich gleich wieder, als er das Buch auf den Rücken legte. Ein Urlaubsfoto, das eine Familie zeigte, Vater um die 40, mit Glatze, in einem grauen, ärmellosen Shirt und Jeans mit heraufgerollten Hosenbeinen, nackte Füße in gelben Mokassins, sowie mit einer Sonnenbrille, die auf der Stirn auflag und mit einem Lederbändel befestigt war. Der Mann trug einen goldenen Ring.

Neben ihm eine schlanke, etwas jüngere Frau mit hochgesteckten, wasserstoffblonden Haaren – im Ansatz dunkelbraun –, in denen ebenfalls eine Sonnenbrille steckte. Eine weiße Bluse, ein blauer, knielanger Rock und Sandalen an nackten Füßen, eine silberne Uhr am Handgelenk. Sie zeigte dem Mann etwas.

Ein Mädchen sah man von hinten. Während die beiden Erwachsenen auf einer Treppenstufe vor einer altmodischen grauen Holztür mit verrosteten Eisenbeschlägen saßen, hockte das Mädchen vor dem Mann auf den Fersen. Es trug wie die Mutter schwarze Sandalen, dazu Hotpants im hellblauen Jeans-Look mit einer dunkelblauen Gesäßtasche, ein buntes T-Shirt und einen kleinen schwarzen Rucksack. Ihre dunkelbraunen Haare waren hochgesteckt, und sie schaute ihren Eltern zu.

»Nun hast du etwas zu tun«, stellte Nicole fest.

Heinrich blickte sie unsicher an. »Wie meinst du das?«

»Ein solches Bild muss dich doch zu einer Interpretation anregen, das schärft den detektivischen Verstand. Offenbar hat die Frau etwas gekauft, eventuell ein Schmuckstück. Oder sie hat es geschenkt gekriegt. Jedenfalls starren alle drei auf den unsichtbaren Gegenstand, keiner schaut den andern an.«

»Eine dysfunktionale Familie«, schloss der Detektiv. »Fragt sich, wer das Buch besessen hat.«

»Definitiv der Mann, denn solche Thriller werden von Männern ansatzweise gelesen und dann weggelegt. Die Frauen bringen sie später ins Brockenhaus.«

»Also ein Erinnerungsfoto an den Urlaub.«

»Es sind Vater und Tochter, das sieht man an der körperlichen Nähe der beiden«, erklärte Nicole, »und eine Frau, die er erst kennengelernt hat. Nun braucht er das Foto, damit er nicht vergisst, wie sie aussieht. Das Wichtigste aber fehlt: Man sieht ihre Augen nicht. Vergiss nie die Augenfarbe einer Frau!«

Die drei Grazien spitzten die Ohren und lauschten den Erkenntnissen einer fast Dreißigjährigen.

»Es gibt eine noch viel wichtigere Frage, die wir leider nie werden beantworten können«, sagte der Detektiv.

»Und die wäre?«

»Wer ist der Fotograf oder die Fotografin? Wer hat die drei in dieser intimen Szene aufgenommen, offenbar mit ihrem Einverständnis? Und hat nicht der Fotograf das Bild in seinem Buch vergessen?«

Aus dem Schankraum kam eine laute Aufforderung: »Herr Detektiv, ans Telefon!«

Heinrich überließ Nicole die abschließende Bilddeutung, kam aber bald zurück.

»Markus Forrer«, erklärte er. »Wir sollen uns bei Gelegenheit bei Dr. Augsburger in der Rechtsmedizin melden. Er hat eine Eisleiche.«

Die Mädchen packten, irritiert von der plötzlichen Wendung, ihre Sachen. Der Tod interessierte sie bedeutend weniger als das Leben und die Liebe.

»Eine Eisleiche? Ist es dafür nicht schon zu warm?«, wollte Nicole Himmel wissen.

FREITAG, 24. APRIL 2015

»Sind Sie mit dem Verblichenen bekannt oder verwandt?«, fragte Dr. Augsburger und fuhr sich mit der Linken über die Glatze, als Nicole Himmel, Heinrich Müller und Markus Forrer in den Sektionssaal traten, um gleich anzufügen: »Kleiner Scherz unter Ermittlungsbeamten.«

Nicole machte Zeichen in der Luft, die wohl ein teuflisches Emoticon bedeuten sollten.

Da keine Antwort kam, erstarb das Lachen des Rechtsmediziners, und er fuhr fort: »Dann schauen wir uns den Schadenfall an. Ein Herr Kurt Arnold aus Kandersteg soll es sein, meldet die örtliche Polizei. Jedenfalls wurde dieser Herr Anfang Januar als abgängig gemeldet. Identifiziert hat ihn noch niemand. Die Leiche ist zwar direkt nach der Bergung Mitte März bei uns eingegangen, aber der Familie haben wir noch keinen Zugang gewährt. Sie werden gleich selber sehen, warum.«

Nicole erbleichte vorsorglich, Heinrich tastete in seiner Hosentasche nach dem Plastikbeutel, den er für Übelkeitsanfälle stets mit sich führte, obwohl er sich vor mehr als 30 Jahren zum letzten Mal hatte übergeben müssen. Sicher war sicher. Einzig der Polizist schien von den Vorgängen unberührt.

»Wenn ich etwas fragen dürfte ...«, begann Nicole Himmel.

»Aber sicher«, sagte Augsburger.

»Arbeitet man bei einem Tötungsdelikt nicht etwas schneller?«

Der Rechtsmediziner erklärte gelassen: »Bei einem eben geschehenen Mord würde man alle Hebel in Bewegung setzen, denn die besten Fahndungserfolge hat man bis 24 Stunden nach der Tat. Diese Voraussetzung entfällt in diesem Fall. Ein Täter hätte alle Zeit der Welt gehabt, seine Spuren zu verwischen. Ich möchte nicht despektierlich gegenüber einer Eisleiche erscheinen … aber wir hatten dringendere Fälle.«

Nicole hakte nach: »Aber es besteht doch bestimmt auch ein gewisser Druck von der Familie her.«

»Das schon. Auch die Behörden haben bereits nachgehakt, und natürlich Ihre Kollegen aus Kandersteg. Aber es ist so: Vor den Toten kommen die Lebenden.«

Nicoles Augen weiteten sich.

»So viele ungeklärte Todesfälle gibt es glücklicherweise nicht, dass ein ganzes Team stets beschäftigt wäre. Wir arbeiten auch bei Ermittlungen mit, wenn es um schwere Körperverletzung, Kindesmisshandlung oder Vergewaltigung geht, aber auch bei Unfällen, bei denen der Tathergang nicht klar ist oder sich Behauptungen gegenüberstehen, von denen nur die eine stimmen kann. Selbst DNA-Analysen sowie Gutachten bei Streitigkeiten um ärztliche Fehler fallen in unsere Zuständigkeit. Sie sehen, es gibt viel zu tun.«

Er holte eine Statistik aus dem Schrank und zeigte sie den Anwesenden.

»Außerdem«, schloss er, »mussten wir unseren Klienten erst auf Betriebstemperatur bringen.«

Alle drei starrten ihn an.

»Eine Eisleiche muss sehr langsam auf Kühlschranktemperatur gebracht werden. Bis alle Eispartikel in einem erwachsenen Mann geschmolzen sind, dauert es ein paar Tage.«

Nicole schluckte leer und sagte: »Ich hatte mir vorgestellt, dass Sie die Leiche erwärmen.«

Der Rechtsmediziner lachte und strahlte übers ganze Gesicht.

»Und wie? Etwa mit Infrarotlampen? Aber nein, wir wollen den Mann ja nicht kochen, wir wollen ihn obduzieren.«

Dr. Augsburger trat zum Seziertisch und deckte die Leiche ab. Der Körper lag in einer seltsamen Position vor ihnen, wie in einer liegenden Hockerstellung.

»Folgendermaßen«, begann der Rechtsmediziner, »der Tote lag mit dem Oberkörper auf dem gefrorenen Oeschinensee, die Beine hingegen steckten im Eis fest. Er musste mit einer Motorsäge aus seinem kalten Grab befreit werden. Ich versuche, die Position möglichst der Fundstelle anzugleichen, um die Ermittlungsergebnisse nicht zu verfälschen. Er passt allerdings kaum mehr in die Kühlbox.« Er räusperte sich.

»Etwas schwieriger gestaltete sich das Entfernen der Kleidung. Der Mann trug unter anderem eine leuchtend rote Windjacke. Seltsam, dass man ihn nicht früher bemerkt hat. Wahrscheinlich war er zugeschneit und ist erst nach einem Frühlingssturm wieder zum Vorschein gekommen. Dann allerdings hat man ihn schnell gefunden.«

»Kurt Arnold, haben Sie gesagt?«

Nicole hatte sich offensichtlich erholt.

»Ja.«

»Verschwunden im Januar?«

»Genau.«

»Sieht aber eher aus wie ein alter Ägypter. Kein Wunder, dass ihn keiner aus der Verwandtschaft erkennen würde. Wie ist so etwas möglich?«

Dr. Augsburger strahlte aus glasblauen Augen, die hinter dicken Brillengläsern steckten. Er wurde gebraucht. Sein Wissen war gefragt!

»Wenn eine Leiche bei großer Kälte Sonne und Wind ausgesetzt ist, trocknet sie schneller aus als bei wärmerem Wetter. Dazu kommt, dass Bakterien und Schimmelpilze bei Dauerfrost überhaupt nicht tätig werden. Die Konservierung setzt also rasch ein. Noch besser ist es allerdings, wenn der Körper von Eis und Schnee bedeckt ist. Erstaunlicherweise geht unter diesen Umständen die Entwässerung schneller vor sich, die Mumifizierung erfolgt in ein paar Wochen. Die Zeit von Anfang Januar bis Mitte März ist also völlig ausreichend.«

»Nichts mit der schönen Leiche im Gletschereis«, folgerte Heinrich.

»Jedenfalls nicht, was den Erhalt der Schönheit im Leben betrifft. Es sei denn, man erkennt die Ästhetik des geschwärzten, eingeschrumpften Körpers an, wie wir ihn aus altägyptischen Grabkammern kennen. Da gibt es durchaus die eine oder andere bezaubernde Prinzessin …«

Die Vorstellungskraft trug Dr. Augsburger mit sich fort.

»Habt ihr euch den Toten angesehen?«, fragte er schließlich. »Er muss bald zurück in die Kühlbox. Denn die einzige Substanz, die bei einer Mumie Schaden anrichten kann, ist Sauerstoff. Durch ihn löst sie sich in ihre Bestandteile auf.«

»Über die Todesursache können Sie noch nichts sagen?«, fragte Markus Forrer.

»Nein. Je mehr Zeit vergeht, desto komplexer werden die Untersuchungen, desto unzuverlässiger die Zeugenaussagen. Zeugen hatten wir ohnehin keine, oder, Herr Arnold?«

Er tätschelte die verschrumpelte Schulter, als ob er »seine« Leiche als einen Komplizen ansah.

»Sie können ja ein bisschen spekulieren«, schlug der Rechtsmediziner vor. »Vielleicht zeigt es mir eine zusätzliche Richtung auf, in die ich forschen sollte.«

Nicole versuchte es: »Er ist beim Fischen im Eis eingebrochen und erfroren. Das soll sehr schnell gehen, wenn der Körper nass und die Temperatur tief ist.«

»Wäre möglich«, entgegnete Augsburger, »aber die Tatortermittler haben keine Fischerutensilien gefunden. Außerdem hatte er ein funktionierendes Handy dabei. Er hätte Hilfe holen können.«

»Weshalb hat man ihn mit einer Handyortung nicht schneller gefunden?«, wunderte sich Müller.

»Als man sein Verschwinden bemerkt hat, war der Akku wohl schon leer.«

»Das ist aber nicht sehr unterstützend, wenn Sie solche wichtigen Beweise unterschlagen«, reklamierte Nicole.

»Entschuldigung.«

»Zweiter Versuch: vergiftet. Es gibt bestimmt eine Reihe von Giften, die nach so langer Zeit nicht mehr nachzuweisen sind.«

»Unwahrscheinlich«, erwiderte Heinrich. »Wenn die Leiche in einem derart guten Zustand ist, dürften alle Fremdstoffe nachweisbar sein. Und ein Täter kann nicht davon ausgehen, dass die Leiche so lange nicht entdeckt wird.«

»Es sei denn«, meldete sich der Polizist, »das Gift ist wasserlöslich und wird ausgeschwemmt.«

»Oder?«, fragte Augsburger.

»Oder was?« Nicole wurde die Fragerei zu bunt.

»Oder man verwendet ein Gift, das im Körper enthalten sein kann, einfach in einer höheren Dosis.«

»Arsen?«, versuchte es Forrer.

»Zu auffällig. Man würde danach suchen«, sagte der Rechtsmediziner. »Wie wäre es mit Nikotin?«

»Nikotin?«, fragte Nicole verblüfft.

»Für einen Mann mit dem Gewicht des Herrn Arnold müssten Sie aus höchstens zehn starken Zigaretten das Nikotin extrahieren. Das ist tödlich. Es gibt nur zwei Probleme: Wie bringen Sie es fertig, dass er diese Menge Nikotin zu sich nimmt? Und: Arnold müsste ein sehr starker Raucher gewesen sein, damit dies bei einer Obduktion nicht auffällt.«

»Bleibt also was?«, fragte Müller.

»Entweder etwas Banales. Ein simpler plötzlicher Herztod oder ein Schlaganfall. Soll bei heftiger Kälte vorkommen. Beides lässt sich aber leicht feststellen.«

»Ich bin sicher, jetzt kommt die Überraschung«, flüsterte Nicole so laut, dass es im ganzen Raum zu hören war.

Augsburger war einen Augenblick lang irritiert, dann sagte er: »Eine Kugel!«

Nicole war perplex.

»Wie kommen Sie denn darauf?«

»Reine Wahrscheinlichkeitsrechnung.« Der Rechtsmediziner zuckte die Schultern. »Wir müssen stets vom Wahrscheinlichen ausgehen und diese möglichen Ursachen zuerst berücksichtigen. Das liefert die meisten Treffer. Bei den wenigen exotischen Fällen benötigen wir etwas mehr Zeit. Aber wenn wir bei jeder Leiche sämtliche Untersuchungen durchführen wollten, nur um ja nichts auszuschließen, kämen wir kaum zu Ergebnissen.«

Er zeigte auf ein paar Regale, in denen sich Fläschchen aneinanderreihten, und fuhr fort: »Hier sehen Sie eine Auswahl an Giften. Stellen Sie sich die Analysen vor, die Sie machen müssten, um eines davon zu finden. Meist Zeitverschwendung. Gift ist eine langweilige Methode bei Beziehungsdelikten.«

»In unserem Fall bestand bestimmt auch eine Beziehung zwischen Opfer und Täter, wenn wir einmal davon ausgehen, dass im tiefsten Winter zwei Menschen miteinander auf dem Oeschinensee standen, auf 1.578 Metern. Das macht man nicht mit einem Fremden«, wandte Heinrich ein.

»Sie haben recht«, beschwichtigte der Rechtsmediziner. »Allerdings würde ich darauf wetten, dass es kein amouröses Abenteuer war. Wahrscheinlich haben sich zwei Männer getroffen. Und dann hatte eben der eine die Schusswaffe dabei.«

Er hob entschuldigend die Achseln.

»Im Übrigen haben die Ermittler in der rechten Hand des Toten eine Pistole gefunden.«

Nicole stöhnte laut auf.

Augsburger ignorierte sie und sagte zur Leiche: »Bald schieben wir dich in den Computertomografen. Das bildgebende Verfahren wird uns zeigen, wo wir die Bahn der Kugel zu suchen haben. Aber ich wette«, meinte er zu den Anwesenden, »sie steckt im Schädel drin. Denn wenn das Objekt aus dem Körper ausgetreten wäre, hätte es eine größere Blutlache gegeben. So etwa wie rotes Wassereis.«

»Er wettet ein bisschen viel«, murrte Müller.

»Und er bringt unpassende Vergleiche«, gab Nicole zurück.

»Der tägliche Umgang mit Verbrechen und Tod zeugt in ihm einen gesunden Zynismus«, gab Augsburger zu bedenken.

Dann wandte er sich dem Bildschirm zu.

»Schauen Sie sich ruhig ein wenig um«, ermunterte er die drei, »es kann dauern.«

Dann bettete er den Körper auf den Wagen des technischen Geräts um. Kurt Arnold streckte ihnen allen den Hintern entgegen.

Bald darauf murmelte Augsburger: »Immer schön von oben beginnen, vom Kopf her, den die meisten Menschen für ihren wichtigsten Körperteil halten. Da ist sie ja! Eine hübsche kleine Kugel. Eingetreten oberhalb der Schläfe. Führt meist nicht zum unmittelbaren Tod, wie die Selbstmörder glauben. Aber wenn einer schon im Eis feststeckt oder eben im gefrorenen See einbricht, dann reicht auch das. Mal sehen, ob wir noch etwas finden.«

»Brauchen wir noch eine zweite Todesursache?«, fragte der Polizist.

»Das nicht. Obwohl es schon vorgekommen ist, dass jemand an einem Infarkt gestorben und erschossen worden ist. Dann muss man feststellen, was zuerst geschehen ist. War der Herzinfarkt tödlich, gilt es trotz des Schusses nicht als Mord, andersrum jedoch reicht es für lebenslänglich. Jedoch«, wieder ließ er die Anwesenden zappeln, »sind zwei Kugeln abgefeuert worden.«

»Wenn wir also kein weiteres Einschussloch finden …«, begann Heinrich.

»Ich.«

»Wie bitte?«

»Ich sagte: Ich. Wenn ich finde. Nicht wir. Aber fahren Sie fort.«

Der Detektiv war leicht irritiert.

»… dann bedeutet das, der Schütze wollte einen Selbstmord vortäuschen.«

»Ja. Wenn wir die zweite Kugel finden. Sonst wird es schwierig zu beweisen sein. Denn die zweite Kugel könnte irgendwo abgeschossen worden sein, auch bereits früher. Und im See werden Sie sie kaum finden. Oder Sie kennen den Täter, und der legt ein Geständnis ab.«

Der Scan war inzwischen beendet. Keine zweite Kugel!

»Immerhin eine Spur«, stellte Forrer fest.

»Wie gehen Sie für eine Identifizierung vor?«, fragte Nicole.

»Sind Sie sicher, dass Sie das hören wollen?«

Nicole verdrehte die Augen.

»Gut. Ich habe vor zwei Wochen die Fingerbeeren gelöst. Bei mumifizierten Leichen sind sie eingeschrumpft und haben harte Kanten. Durch einen Quellvorgang – ich erspare Ihnen die Details – muss die Haut wieder auf die normale Größe gebracht und anschließend erneut gehärtet werden. Dann erst kann man wieder Fingerabdrücke nehmen. So brauchen wir nur noch eine Vergleichsprobe von Herrn Arnold, und die Identifizierung ist geglückt.«

»Man könnte doch mit demselben Verfahren den ganzen Kopf …«, schlug Nicole vor, »… dann müssten die Angehörigen …«

Heinrich Müller hatte sie bereits aus dem Sektionssaal gezogen, bevor die letzten Worte bei Dr. Augsburger ankamen. Es gab einfach zu viele tödliche Instrumente in diesem Raum.

SAMSTAG, 25. APRIL 2015

»Wenn ihr euch bloß ein bisschen mehr für Politik interessieren würdet als für Leichen …!«, hatte ihnen Dr. Augsburger zum Abschied noch zugerufen. »Und: Lest mal die Zeitung!«

Es war ja auch richtig. Die immer gleichen, anscheinend ausweglosen Themen stumpften ab, man nahm die Tagesaktualität kaum mehr zur Kenntnis. Griechenland hatte schon wieder gravierende Finanzprobleme. Der »Islamische Staat« mordete beinahe ungestört weiter. Die USA wurden für alles Böse auf der Welt verantwortlich gemacht. Der Bürgerkrieg in der Ukraine schien festgefahren. Ebola wenigstens – das war die gute Nachricht – hatte sich zurückdrängen lassen.

Es gab Tage, da hätte Heinrich Müller nur gute Nachrichten hören wollen. Der heutige Tag gehörte dazu, machte ihm diesen Gefallen jedoch nicht.

»Kandersteg-Ötzi« lautete die fette Schlagzeile auf der Titelseite des Boulevard-Blatts. Es folgte einer der längsten Artikel, die jemals in dieser Zeitung erschienen sein mochten. Müller fiel es wie Schuppen von den Augen: Kurt Arnold war neben dem ehemaligen Bundesrat Adolf Ogi der bekannteste Politiker aus dem Bergdorf, ein Strippenzieher der nationalen Politik, ein stramm Konservativer, ein Katholik im Freikirchenmekka, einer, der überall jemandem auf die Zehen trat.

»So viele Feinde, da weißt du gar nicht, wo du beginnen sollst«, erklärte der Detektiv, als er sich mit Nicole

Himmel und Markus Forrer im »Schwarzen Kater« traf, um das weitere Vorgehen zu besprechen. Sie setzten sich ins Büro der *Detektei Müller & Himmel* im ersten Stock. Es musste ja nicht jeder die Details der Ermittlungen kennen. Nach den letzten Erfolgen der Detektei kam es schon mal vor, dass ein Journalist an der Bar saß und aufzuschnappen hoffte, woran Müller und Himmel gerade arbeiteten.

Aus dem »Schwarzen Kater« im Parterre drangen penetrant hohe Töne einer Klarinette, die einen melancholischen Rhythmus angeschlagen hatte.

»Tönt wie ein Trauermarsch«, moserte Nicole. »Ist jemand gestorben?«

»Könnte man so sagen …«, entgegnete Markus.

Sie ignorierte den Polizisten und sagte: »›Ötzi‹ ist ein gutes Stichwort. An der Gletscherleiche aus den Ötztaler Alpen kann man die Mumifizierung sehr gut erkennen.«

»Die lag über 5.000 Jahre im Eis«, gab Forrer zu bedenken.

»Offenbar ist es ja vor allem wichtig, dass der Leichnam vom Sauerstoff abgeschlossen wird, also in Eis eingelegt, vakuumiert oder in eine Dose verpackt.« Der Zynismus war offenbar auf sie übergeschwappt.

»Ich verstehe nicht ganz, was du uns sagen willst«, bemerkte Heinrich.

»Die Identifizierung ist doch noch nicht erfolgt?«

»Richtig«, sagte der Polizist.

»Offenbar wird dieser Arnold vermisst. Also zählt man zwei und zwei zusammen und erklärt die Leiche als die des Vermissten. Ich gebe ja zu, das ist auch logisch. Aber wäre es nicht dennoch möglich, dass der Tote viel älter ist?«

»Das ist Unsinn«, sagte Forrer. »Das Eis auf dem Oeschinensee schmilzt jedes Jahr. Außerdem hat man früher keine Funktionswäsche getragen.«

»Pragmatiker!«, beklagte sich Nicole. »Nicht die kleinste Hoffnung lässt du einem. Wäre doch schön, wenn wir in unseren Alpen auch einen Ötzi fänden.«

»Einen Ösi vielleicht, einen Ötzi eher nicht«, erklärte Müller.

»Es gab doch vor Kurzem so etwas an der Grenze der Kantone Bern und Wallis«, sagte Markus.

»Du meinst die Funde am Schnidejoch?«, fragte Nicole. »Nach und nach gibt der zurückweichende Gletscher einzelne Stücke frei. Sie waren im letzten Jahr im Historischen Museum Bern ausgestellt.«

»War eine Gletschermumie dabei?«, wollte Forrer wissen.

»Leider nein«, erklärte Nicole. »Das wäre ein außerordentlicher Glücksfall. Es ist bisher auch nur einmal vorgekommen.«

»Aber Gletscherleichen, die erst Jahrzehnte später gefunden werden, gab es schon einige«, sagte der Detektiv. »Letzthin habe ich einen Artikel über vier junge Männer aus dem Lötschental gelesen, die im März 1926 nicht mehr von ihrer Skitour zurückkehrten. Wartet, ich suche ihn im Internet.«

Nach wenigen Minuten wandte er sich mit einem Papierausdruck den andern beiden zu und fasste zusammen: »Zwei englische Alpinisten fanden im Jahre 2012 die Überreste von drei Brüdern, die vierte Person blieb verschollen. Man konnte anhand eines Computermodells, das die Fließgeschwindigkeit von Gletschern simuliert, feststellen, wo die vier Männer wahrscheinlich von einem Schneesturm überrascht worden und erfroren waren. Sie sind dann etwa zehn Kilometer im Eis transportiert worden und lagen zwischenzeitlich in 250 Metern Tiefe, bevor sie wieder an die Oberfläche zurückkehrten. Jetzt kommt's: Die ETH Zürich schreibt in einer Pressemitteilung, dass die Leichen wie Ötzi mumifiziert gewesen wären, hätte man sie zum Zeitpunkt gefunden, an dem der Gletscher sie freigegeben hat.«

»Wie anders, wie viel romantischer ist da die literarische Vorstellungskraft«, erzählte Nicole, die in der kurzen Pause ein Buch aus ihrer Wohnung geholt hatte. »Gustav Renker beschreibt in ›Die Frau im Eis‹ einen Berner Naturforscher namens Hans Egger, der in einer Gletscherspalte unter dem Eis wie in einem Glassarg eine junge Frau findet: ›Hier war ein Mensch, ein Weib, im Eise eingehüllt und war so, als wenn es noch lebe. Von Grauen gepackt und ebenso von Neugierde, trat der Mann näher. Wann starb dieses junge Weib, und wie starb es? Die rechte Hand war ausgestreckt, als wollte sie nach dem greifen, der nun nach langer Zeit in das Geheimnis ihres Todes trat. Die Augen in dem zarten Gesicht, dessen Wangen noch einen roten Schimmer zu haben schienen, waren nur halb geschlossen. Hans Egger glaubte zu erkennen, dass diese Augen blau waren. Das Haar war wellig gekräuselt, an der rechten Schläfe hatte sich eine Strähne gelöst und fiel auf die Schulter herab. Vielleicht war dieses Haar nur blond, metallisch blond wie bei vielen Menschen. Doch im Spiegeln des Eises, in dem Geglitzer der vielen Farben schien es aus Goldfäden gewebt, und sein Strahlen deckte das reine, klare Antlitz wie ein goldener Helm.‹«

»So hätte dieser Renker eine mumifizierte Leiche wohl nicht beschrieben«, meinte Forrer. »Da ist ihm die Fantasie durchgegangen.«

»Er schreibt ja auch von einer Sehnsucht nach dem konservierten Schönen, das Hässliche des Sterbens hat ihn wohl weniger interessiert«, sagte Nicole.

»Spannender ist da eine Gletscherleiche anderer Art«, begann Markus Forrer seine Geschichte, »nämlich die einer amerikanischen Douglas DC-3 in der militärischen Version, die am 19. November 1946 unfreiwillig auf dem Gauligletscher aufsetzte. Die Maschine war unterwegs von Tulln bei Wien nach Pisa. Die Besatzung wähnte sich auf französischem Gebiet, da der Überflug über die Schweiz für amerikanische Flugzeuge verboten war. Das Wrack wurde nach zwei Tagen gesichtet, aber es brauchte zwei weitere Tage, bis alpine Rettungstrupps zum Flugzeug aufgestiegen waren, in dessen Rumpf sich die Besatzung am Leben zu erhalten versuchte.«

»Gab es Tote?«, fragte Nicole.

»Nein, ein paar Verletzte, aber alle konnten am darauffolgenden Tag geborgen werden. Mit einem Kleinflugzeug der Schweizer Luftwaffe vom Typ Fieseler Storch, das über Kufen verfügte, konnten die Leute vom Gletscher geholt werden.«

»Also keine Mumien«, sagte Nicole mit Bedauern.

»Doch. Das Flugzeug selber. Die Amerikaner versuchten noch in letzter Minute, das Wrack zu zerstören, aber die Schweizer Soldaten verhinderten dies mit Gewalt.«

»Schön. Aber wo ist da der Witz?«

»Zuerst einmal war dies die erste Luftrettung im alpinen Raum. Sie löste in den USA Begeisterung aus und lockerte das etwas angespannte Verhältnis der beiden Staaten. Dann aber versank das Wrack im Gletscher. Erst heute kommen nach und nach Teile des Flugzeugs wieder ans Licht. Der Witz bei der Sache ist: Kein Mensch weiß, was die

Amerikaner geladen hatten. Da könnte noch eine große Überraschung auf uns warten. Stellt euch vor, sie hätten in diesem Flugzeug eine Atombombe transportiert, die heute noch unter dem Gletschereis liegt!«

DONNERSTAG, 14. MAI 2015

Heinrich Müller erwischte am Breitenrainplatz das frühere Tram, stieg beim Zytglogge aus und hatte Zeit, zu Fuß über die Kirchenfeldbrücke zu gehen, denn er hatte erst um fünf Uhr nachmittags mit Nicole Himmel am Helvetiaplatz abgemacht. Mitten auf der Brücke blieb er stehen, dort wo keine Anti-Selbstmord-Brückenspringer-Netze die Sicht auf die Aare behinderten. Unter ihm lag das Schwellenmätteli mit seinem wasserumtosten Restaurant, dahinter die eigentliche Schwelle, welche einerseits die Aare beruhigte und andererseits mit einem Kanal für einen regelmäßigen Wasserzulauf für das Gewerbe sorgte. Früher standen dort Mühlen und Handwerksbetriebe mit hohem Energiebedarf, wie Hammerschmiede, Gipsreibe, Säge und Knochenstampfe. Heute gab es nur noch ein Kleinkraftwerk zur Stromerzeugung.

Müller betrachtete die untere Altstadt vom Casino über das Münster bis zur Nydeggbrücke, er blickte auf die Matte, das frühere Bäder- und Flößerquartier, wo auch geruchsintensive Gewerbe wie Gerber und Färber ihre Werkstätten hatten, und darüber hinaus auf den Bärenpark, der in diesem Sommer saniert und ausgebaut wurde, während sich die Bären in ihren Ferien im Jura vergnügten. Vor seinem inneren Auge zog ein Bild von Albert Anker auf, die »Kleinkinderschule auf der Kirchenfeldbrücke« aus dem Jahr 1900, eine Kindergärtnerin mit ihrer Schar Zöglinge vor dem damals noch schmiedeeisernen Brückengeländer, zu jener Zeit ohne Notwendigkeit, Selbstmordgefährdete vor einem Sprung auf den unter der Brücke liegenden Sportplatz des Gymnasiums abzuhalten.

Schließlich zog Heinrich weiter, nun schon knapp an Zeit. Rechts der Brücke stand angrenzend an die Englischen Anlagen die Kunsthalle, ein Klotz mit klassizistischem Eingangsrund. Dahinter befanden sich im Uhrzeigersinn rund um den Helvetiaplatz – der mythischen Gründermutter der Confoederatio Helvetica, also der Schweiz, gewidmet – die Tramhaltestelle, ein zugiges Pissoir, ein ebenso dem Durchzug ausgesetzter Kiosk. Anschließend an das alte Billetthäuschen der Worb-Bahn, heute eine kleine Kunstoase, genannt »Grand Palais«, folgte das Restaurant »Kirchenfeld«. Auf der gegenüberliegenden Straßenseite das »Ambassador«, von dort führte der Weg ins Museumsviertel, zur Nationalbibliothek und zum Gymnasium.

Heinrich gegenüber befand sich das Historische Museum, Ende des 19. Jahrhunderts in verschiedenen Baustilen zusammengekleistert, mit dem erst neulich fertiggestellten Betonklotz-Anbau, genannt »Kubus«. Dahinter lagen, für ihn unsichtbar, das Museum für Kommunikation, das Schützenmuseum und das Naturhistorische Museum mit den Riesenbergkristallen vom Planggenstock.

Mitten auf dem Helvetiaplatz thronte auf einem monumentalen Sockel zwischen zwei Wasserbecken Mutter Helvetia wie eine Schutzmantelmadonna über zwei Stelen, die Moses' Gesetzestafeln ähnelten, aber nur an die Gründung des Welttelegrafenvereins 1856 erinnerten. Links und rechts in bronzenem Schmerz und unermüdlicher Anstrengung in Arbeit und Familie, aber auch vereint in ewigem Kusse mühten sich die Figuren von Giuseppe Romagnoli ab, dem Ganzen einen tieferen Sinn zu geben. Linkerhand das

Yehudi Menuhin Forum, ein Konzertsaal mit Riesenorgel und Folterbänken auf der Empore, an die sich der Detektiv mit Schrecken erinnerte.

Heinrich schwindelte vor so viel Bedeutsamkeit, als Nicole Himmel aus dem Schatten der Schulwarte trat, Medien- und Weiterbildungsstätte der Berner Lehrerschaft. Der hintere, elfenbeinfarbene Teil des Gebäudes im Bauhausstil beherbergte die Räumlichkeiten des Alpinen Museums, der Teilzeitwirkungsstätte von Nicole.

Heinrich bemerkte ihre Nervosität von Weitem. Offenbar hatte sie geweint.

»Komm mit«, sagte sie nur und zog ihn an der Hand Richtung Eingangstür.

»Das Museum ist doch geschlossen«, sagte er unsicher.

»Nicht für uns.«

Ungeduldig zerrte sie ihn ins Gebäude, wo an einem Tisch im Restaurant »Las Alps« ein Teil der Museumscrew beisammensaß.

»Du kennst meinen Chef bereits, die Kuratorin kommt gleich dazu«, sagte Nicole. »Das ist Raphaela Bigler.«

Man gab sich die Hand und nickte einander zu.

»Der Zweck dieses Treffens …«, Nicole seufzte. »Man hat im Museum eingebrochen.«

»Eingebrochen?«, fragte Heinrich ziemlich sinnlos und wartete auf genauere Erklärungen. Man begrüßte inzwischen auch die Kuratorin. Als nichts weiter kam, fuhr er fort: »Wann und wo?«

»Das wissen wir nicht«, antwortete Nicole. »Also, wo ist bekannt, aber nicht wann.«

»Dann erzählt schon. Lasst euch die Würmer nicht aus der Nase ziehen.«

Der Direktor begann: »Die Kuratorin …«

»Also ich …«, sagte die Dame links von ihm und hob den Finger, verstummte aber gleich wieder.

»… hatte im Depot im Untergeschoss einen Auftrag zu erledigen …«

»Um 15.30 Uhr, um genau zu sein«, erklärte die Kuratorin.

»… jedenfalls hat sie um diese Zeit bemerkt, dass die Tür zum Depotraum aufgebrochen war.«

»Mitten am Tag?«, wunderte sich der Detektiv.

»Am Morgen war noch alles in Ordnung.«

»Und auch noch kurz nach Mittag, da war ich drin«, fügte Raphaela Bigler an.

»Die Polizei?«, wollte Müller wissen.

»Die war bereits da«, erklärte der Direktor, »hat Fotos gemacht, ein paar unersetzliche Kulturgüter eingestäubt und erklärt, dass die Täter Handschuhe getragen hätten und dass die Aufklärungsquote bei Einbruchsdiebstahl sehr niedrig sei. Es sei denn …«

»Was?«, fragte Heinrich.

»… es sei etwas Wertvolles gestohlen worden, das auf dem Schwarzmarkt wieder auftauche.«

»Und?«, drängte Müller.

»Wir wissen es nicht genau.« Der Direktor zuckte die Schultern. »Die Bestandesaufnahme ist noch nicht abgeschlossen. Aber es ist eher unwahrscheinlich. Die meisten Sammlungsgegenstände sind zwar für unser Museum unersetzlich, finden aber auf dem Kunst- und Antiquitätenmarkt kaum Käufer. Dafür sind sie entweder zu speziell oder nicht attraktiv genug.«

»Was wäre denn wertvoll?«, fragte der Detektiv.

»Die Hodler-Gemälde, die den Absturz einer Seilschaft darstellen«, erklärte Nicole.

»Hodler«, staunte Heinrich. »Der hat in letzter Zeit sehr gute Auktionsergebnisse erzielt. Bei Kornfeld ist ein kleines Bild, Öl auf Leinwand, 30 mal 50 Zentimeter, angekündigt. Es heißt ›Genfersee bei Morges‹. Seit unserem letzten Fall studiere ich sämtliche Auktionskataloge. Schätzwert des stimmungsvollen, aquarellähnlichen Bildes: 1,5 Millionen Franken. Es besteht fast nur aus querstreifigen, sich in den Horizont hinein verschiebenden Farbschichten.«*

»Mag sein«, intervenierte der Direktor, »dieses Bild kann man unter den Arm stecken und nach Hause tragen. Unser Holder braucht eine Wand von sechs Metern Höhe. Außerdem ist er weltbekannt …«

»Also unverkäuflich«, schloss Heinrich.

»… und nicht eben attraktiv für einen Privathaushalt.«

»Was ist denn nun weggekommen?«, wollte Müller wissen.

»Das Legat von Eugénie Goldstern, jedenfalls ein wichtiger Teil davon«, platzte es aus Nicole heraus. »Und sonst Zeugs.«

»Am besten, ich zeige es Ihnen«, intervenierte Raphaela Bigler mit ihrer kühlen Stimme und nahm die Sache in die Hand. »Folgen Sie mir.«

Heinrich Müller blickte sich um, aber keiner wollte mit ihnen kommen. So gingen sie denn zu zweit zum Eingang zurück.

»Die Situation im Eingangsbereich ist etwas unübersichtlich, weil wir umgebaut haben«, erklärte Raphaela. »Wenn die Kasse nicht besetzt ist und die Tische leer sind oder kei-

---

* Heinrich Müller bezieht sich auf Ereignisse aus »Nelkenmörder«. Das Hodler-Gemälde wurde am 19. Juni 2015 für 1,7 Millionen Franken versteigert.

ner in diese Richtung guckt, können Sie hier unbehelligt ein und aus gehen. Was leider auch geschieht, weil es Leute gibt, die glauben, in einem öffentlichen Gebäude könne man unentgeltlich die Toiletten benutzen.«

»Das heißt«, folgerte Heinrich Müller, »wenn man einen günstigen Moment erwischt, kann man ungesehen das Haus betreten.«

»Ja.«

»Und es gibt kein Aufsichtspersonal?«

»Doch. Aber nicht im Eingangsbereich. Es gibt in den Ausstellungsräumen auch Überwachungskameras.«

»Aber nicht im Untergeschoss«, stellte Müller fest.

»Nein. Da bewegen sich normalerweise nur Angestellte des Museums.«

Sie stiegen eine Treppe hinunter und standen vor einer grauen Tür. Sie war nur angelehnt, ließ sich nicht mehr ganz schließen.

»Man sieht fast nichts«, stellte Müller fest, nachdem er die Delle beim Schloss gemustert hatte. »Der Aufwand war relativ gering, ein kräftiger Schraubenzieher hat wohl genügt.«

Raphaela Bigler zuckte die Schultern und führte ihn ins Depot hinein. Rechts standen Archivschränke für Pläne und Karten. Sie bemerkte Müllers Blick und erklärte: »Da haben wir noch nicht nachgeschaut, ob etwas fehlt.«

Links beherrschte ein Compactus-Regalsystem den Raum, verschiebbare Regale auf Rollen reihten sich aneinander. In der Mitte stand ein Zwischenraum ganz offen.

»Was ist da drin?«, fragte Heinrich.

»Wie Nicole bereits gesagt hat: das Legat von Eugénie Goldstern.« Sie wies auf die leere Ablagefläche. »Weiter scheinen ein paar Archivkästen mit Glasplattennegativen weggekommen zu sein.«

»Glasplattennegative?«, erkundigte sich Müller.

»Alte Fotografien, historische Dokumente, äußerst zerbrechlich, deswegen für die Diebe wertlos. Welche es sind, müssen wir aber erst herausfinden. Wir haben nicht alles archiviert und katalogisiert. Dafür fehlen uns Geld und Mitarbeiter.«

»Sonst noch etwas?«, fragte Heinrich.

»Kann sein …«

Raphaela hob die Augenbrauen.

»Über das Legat Goldstern weiß Nicole Bescheid?«

»Sicher. Sie hat damit gearbeitet.«

Der Detektiv erkundigte sich: »Wo sind die Diebe mit ihrer Beute hin?«

»Das ist nicht klar«, antwortete Frau Bigler. »Die Polizei hat uns ziemlich vorwurfsvoll angeschaut. Kommen Sie mit.«

Sie führte ihn zurück ins Treppenhaus.

»Die Einbrecher könnten denselben Weg durch den Hauptausgang genommen haben. Aber die Gefahr der Entdeckung wäre eher groß.«

»Außerdem schleppten sie doch ein bisschen was mit. Also?«

»Haben sie vielleicht den Hinterausgang benutzt. Der steht zwar unter Alarm. Manchmal aber ist er geöffnet, wenn man lüften will beispielsweise oder wenn eine Lieferung fürs Restaurant ankommt.«

Sie zeigte ihm einen Raum, in den auch die Heizkessel eingebaut waren. Die Tür stand gerade offen, ein Lieferant brachte Ware. Sie traten aus dem Gebäude auf einen Parkplatz.

»Ein paar Kisten müssen die Diebe geschleppt haben«, sagte Müller. »Ein Auto wäre also hilfreich.«

»Oder zwei Roller mit Gepäckaufsatz«, meinte Raphaela.

»Mindestens zu zweit werden sie gekommen sein, einer allein hätte mehrfach hin- und hergehen müssen«, überlegte der Detektiv.

Raphaela dachte nach.

»Der Feldeggweg wäre die ideale Fluchtmöglichkeit. Er führt in einer langen S-Kurve durch den Wald steil hinunter und endet direkt vor der Sporthalle Schwellenmätteli, wo er auf Aarehöhe in die Straße zur Dalmazibrücke einmündet. Dann ist man schnell weg von hier.«

»Außerdem ist heute Auffahrt«, sagte Heinrich, »da ist die Gefahr, beobachtet zu werden, wegen des Feiertags im Vergleich zu einem normalen Arbeitstag geringer.« Dann brummte er: »Ziemlich leichtsinnig, die offene Tür.«

Raphaela Bigler meinte nur: »Die einzelnen Gegenstände haben natürlich nicht den Wert wie in einem Kunstmuseum.«

»Wie lange bleibt normalerweise Zeit, bis wieder jemand im Depot zu tun hat?«, fragte Müller, als sie wieder oben bei den anderen waren.

»Das ist ganz unterschiedlich. 10 bis 15 Minuten, würde ich schätzen«, sagte Raphaela.

»Das reicht für einen gezielten Einbruch«, erklärte der Detektiv, »aber nicht für einen Diebstahl, bei dem man sich die lohnenswerten Gegenstände erst zusammensuchen muss.«

»Sie meinen, es sei kein Zufall, dass man unser Museum ausgewählt hat?«, wollte der Direktor wissen.

»Genauso wenig, wie es ein Zufall ist, dass Sie mich gerufen haben, denn für so etwas ist normalerweise die Police Bern zuständig. Weshalb bin ich hier?«

»Na hör mal«, meldete sich Nicole Himmel entrüstet, »die Polizei hat keine Fingerabdrücke gefunden und wird nicht nach ein paar knöchernen Bauernspielzeugtieren suchen. Da kann die *Detektei Müller & Himmel* ihre Fähigkeiten unter Beweis stellen. Denn es wird nicht jeden Tag in meinem Museum eingebrochen!«

Man musterte sie erstaunt.

Nicole schloss: »Außerdem ist es endlich mal ein Fall ohne eine Leiche.«

Und ihre Augen leuchteten erwartungsfroh.

FREITAG, 15. MAI 2015

Düsterer konnte ein Maitag kaum beginnen. Es goss in Strömen, und das Thermometer zeigte eine Außentemperatur von acht Grad. Heinrich Müller beschloss, seinen Träumen eine zweite Chance zu geben, und legte sich wieder unter die wärmende Decke. Mathilda bewirkte einen Hitzefleck an seinem linken Unterschenkel.

Als der Detektiv endlich aufstand, war es bereits nach zehn Uhr. Nicole Himmel war schon nicht mehr im Haus. Gegen Mittag jedoch rief sie aufgeregt an und sagte: »Dringliche Sitzung um 15 Uhr im Museum!«

Heinrich mümmelte etwas von schlechtem Wetter, aber seine Partnerin duldete keinen Widerspruch.

Da half nur Wohlfühlmusik in den Tag hinein, Surfpop von den Beach Boys und der schleppende Blues-Rock von Canned Heat: »Going up the country«.

Pünktlich wie eine Uhr stand Heinrich Müller vor der Eingangstür zum Alpinen Museum und bewunderte das nassglänzende Kopfsteinpflaster, bis ihn Raphaela Bigler abholte und in einen Konferenzraum im hinteren Teil des Gebäudes führte. Dort saßen dieselben Leute, denen er einen Tag zuvor begegnet war. Man begrüßte sich wie unter alten Kollegen, bevor der Direktor sagte: »Von der Polizei wollte sich niemand herbemühen. Sie hätten die Tatbestandsaufnahme gemacht und keine Zeit, an Spekulationen teilzuhaben.«

Mit genau diesen Worten haben sie es wohl nicht kommuniziert, dachte Müller, fragte aber, statt es laut zu sagen:

»Ist denn nun eine abschließende Übersicht über die gestohlenen Gegenstände vorhanden?«

»Falls es keine weiteren Überraschungen gibt«, sagte die Kuratorin skeptisch und fuhr fort: »Zuerst das kleinste gestohlene Objekt …«

»Aber nicht das geringste«, warf Raphaela ein.

»Ein Kästchen mit Glasnegativen aus dem frühen 20. Jahrhundert. Hauptsächlich Fotos aus dem Lötschental. Die meisten stammen wohl von Albert Nyfeler, dem Maler. Äußerst wertvoll für uns, wertlos für den Dieb. Sehr zerbrechlich.«

»Ich möchte erst mal nur die Fakten hören«, erklärte der Detektiv. »Wir sollten davon ausgehen, dass den Einbrechern die gestohlenen Sachen etwas bedeuten, sonst hätten sie sich nicht die Mühe gemacht, aus der Unzahl von Bildern genau diese auszuwählen.«

»Wenn sie nicht einfach das erstbeste Kästchen gepackt haben …«, gab Nicole zu bedenken.

»Was ist denn auf den Bildern zu sehen? Vielleicht können wir Rückschlüsse ziehen?«, fragte Müller.

»Das wissen wir nicht«, seufzte die Kuratorin.

»Wie, das wissen Sie nicht?!« Der Detektiv war erstaunt.

»Es gibt schon eine Inventarliste, aber da sind nur die Orte verzeichnet, an denen die Aufnahmen gemacht worden sind. In dem Holzkästchen dürften etwa 50 Negative Platz haben, von der Fafleralp bis zur Faldumalp und von allen Orten und Weilern im Tal.«

»Wenn ich mich richtig erinnere, sind es vor allem Kirchen, Kapellen und Bildstöcke in den Dörfern und auf den Alpen«, erklärte der Direktor.

»Sie haben gesagt ›Negative‹. Warum schauen wir nicht einfach die Abzüge an?«, fragte Müller. Aber es dauerte einen Moment, bis er aus den ratlosen Gesichtern schloss: »Es gibt keine Abzüge?«

»Die Sache ist die«, begann die Kuratorin, »wir kommen mit dem Museumsbudget gerade knapp in die schwarzen Zahlen. Und wir besitzen eine Sammlung mit Tausenden von Glasnegativen. Von denen allen Abzüge oder digitale Kopien zu machen, da müssten wir mindestens 100.000 Franken ausgeben. Außerdem besteht jedes Mal die Gefahr, die fragilen Glasplatten zu beschädigen. Nur für Ausstellungen lassen wir von einem Expertenteam Vergrößerungen aufziehen, auf denen man die Details auch wirklich erkennen kann.«

»Das Lötschental war also seit Längerem nicht im Ausstellungsplan«, schloss Heinrich.

Die Kuratorin zuckte die Schultern.

»Nochmal zurück an den Anfang: Das Kästchen ›Lötschental‹ ist also gezielt weggenommen worden, oder lag es ganz einfach zuoberst auf dem Stapel?«

Wieder die verzweifelten Blicke.

»Gehen wir zum nächsten Diebesgut. Raphaela?«

»Die Sammlung Eugénie Goldstern. Die Ethnologin hat sie uns um 1920 herum überlassen. Sie hat Anfang der 20er-Jahre ihre Dissertation über Bessans geschrieben, ein Dorf in den Savoyer Alpen.«

Nicole intervenierte: »Ich erzähle Heinrich die Lebensgeschichte der Eugénie Goldstern ein anderes Mal, du kannst dich auf die gestohlenen Gegenstände konzentrieren.«

»Gut.« Raphaela fuhr fort: »Das Prunkstück der Sammlung ist die knapp 50 Zentimeter hohe Figur eines Teufels, der eine Bessanerin in der rechten Hand hält, die er wohl gleich in die Hölle hinuntertragen wird.«

»Zum Glück haben wir letztes Jahr mit der Sammlung

Goldstern eine Ausstellung gemacht, das ›Biwak # 9‹«, ergänzte Nicole.

»Deshalb existieren von allen Objekten aktuelle Fotos«, sagte Raphaela Bigler strahlend.

»Sonst hätte man auf die publizierten Schwarz-Weiß-Bilder aus den 20er-Jahren zurückgreifen müssen«, nörgelte Nicole Himmel.

Raphaela ignorierte sie. »Eugénie Goldstern war besonders fasziniert von Alltagsgegenständen und von Spielzeug. Einzelstücke aus dem 19. Jahrhundert. Beides war bereits zu ihrer Zeit nicht mehr in Gebrauch und oft schwierig zu finden. Sie konservierte also Erinnerungsstücke an eine untergegangene oder untergehende Volkskultur.«

»Ich nehme an«, warf Müller ein, »als Einzelstücke nicht besonders wertvoll?«

»Wenn nicht sogar wertlos«, sagte Raphaela. »Sicher sind die Stücke interessant für Volkskunde- und Heimatmuseen, aber im Privatverkauf kann man keine lohnenden Preise erzielen.«

»Die Sammlung enthält auch noch einige Tesseln oder Kerbhölzer, mit denen im alpinen Raum Dienstbarkeiten und Besitzrechte dokumentiert wurden«, ergänzte Nicole. »Die schwereren Gegenstände sind alle noch hier, nämlich die großen Spinnrocken, Gebäckmodelle, Talglampen, auch der Holzschlitten aus dem Münstertal mit den Knochenkufen liegt noch da.«

»Kann es sein, dass die Einbrecher sich regional eingegrenzt haben?«, wollte Heinrich wissen.

»Eugénie Goldstern hat im ganzen Alpenraum gesammelt. Ein bedeutender Teil ihres Nachlasses liegt im Österreichischen Museum für Volkskunde in Wien. Wir besitzen Einzelstücke aus Bessans, aus dem Wallis und aus dem

Münstertal in Graubünden. Die Walliser Fundstücke stammen aus verschiedenen Tälern. Eugénie Goldstern war im Lötschental, aber auch im Val d'Hérens und in den Saaser Tälern, ich glaube auch auf der Suche nach Spuren von Walsersiedlungen.«

»Der Name ›Lötschental‹ ist damit bereits zweimal gefallen. Zuerst bei den gestohlenen Fotos. Zufall?«, fragte der Detektiv.

Die Kuratorin räusperte sich.

»Es fehlt noch etwas. Das haben wir leider erst heute Morgen festgestellt. Deshalb haben wir Sie überhaupt noch einmal herbemüht. Die Glasnegative und das Legat Goldstern gehören uns. Da ist ein Verlust unangenehm, aber wir könnten uns selbst auf die Suche machen. Dass ein Drittel des Diebesguts verloren ging, ist uns aber äußerst peinlich und darf nicht an die Öffentlichkeit gelangen. Nicole!«

»Wir planen eine Ausstellung zur Volksfrömmigkeit im Alpenraum. Dafür haben wir verschiedene Museen um Leihgaben gebeten. Weil wir einen guten Ruf haben, sowohl von der Ausstellungstechnik als auch vom sorgfältigen Umgang mit den Objekten her, bekommen wir ausgesuchte Einzelstücke.«

»Und davon fehlen nun ein paar?«

»Genau. Die lagen im hinteren Teil des Depots noch in ihrer Versandverpackung auf einem Tisch. Deshalb ist das Fehlen nicht sofort aufgefallen. Sie kommen vom Geschichtsmuseum Sitten und vom Historischen Museum Luzern.«

»Und was bitte versteckte sich in diesen Kisten?«, fragte der Detektiv.

»Wir verstehen ja deine Ungeduld, aber die beiden Pakete sind erst gestern von der Post geliefert worden. Das Wertvollste ist eine Statue ›Die Muttergottes mit Kind‹, aus Holz, frühes 13. Jahrhundert, etwa 60 Zentimeter hoch, eine leichte Figur, die man früher auf Prozessionen durchs Dorf oder auch auf eine Alp tragen konnte.«

»Wahrscheinlich das wertvollste Stück«, notierte Müller.

»Dazu kommt eine Sammlung von Heiligen- und Wallfahrtsbildern, ein Osterleuchter mit einem Aufsatz für die Finstermesse sowie eine Druckschrift über den Jetzerhandel in Bern.«

»Das erklärst du mir später im Detail«, sagte Heinrich. »Haben die Diebe einfach in die Schatullen hineingegriffen und wahllos zusammengeklaut, oder steckt dahinter ein Plan?«

»Schwer zu sagen«, antwortete die Kuratorin. »Wir haben ja schon mehrfach darüber gesprochen. Es passt so wenig zusammen. Dass ein bedeutender Teil der Sammlung Goldstern weggekommen ist, deutet auf einen Plan hin. Andererseits sind die Dinge aus dem Alltag und dem Glauben des Volkes doch eher willkürlich zusammengewürfelt.«

»Das ist wie der Schatten«, überlegte Nicole. »Wir müssten aus diesem Schatten ins Licht zurückfinden. Die Negative würden uns dabei helfen. Wenn man sie belichten würde, könnten wir vielleicht erkennen, wonach wir suchen. Im magischen Denken werden häufig Ursache und Wirkung vertauscht. Es heißt dann nicht, der Schatten ist klein, weil du liegst, sondern man sagt: Weil dein Schatten klein und schwach ist, liegst du krank im Bett.«

»Unser Schatten ist aber extra-klein«, seufzte Heinrich Müller.

Als sich der Direktor erhob und die Sitzung beenden wollte, setzte der Detektiv noch einmal an: »Ich habe eine Idee, die uns vielleicht weiterhelfen könnte. Nicole, mach doch ein Inventar mit allen Gegenständen um das gestohlene Gut herum, die nicht weggekommen sind. Vielleicht sind sie der Schlüssel zu dem Geheimnis.«

SONNTAG, 17. MAI 2015

Nicole Himmel und Heinrich Müller saßen am Frühstückstisch im »Schwarzen Kater«, während Mathilda schnurrend um ihre Beine strich.

»Deine Liste ist aber nicht gerade lang geworden«, meinte Heinrich zwischen zwei Bissen Gala-Käsebrot. Er hatte sich gerade noch zurückgehalten, die Schmelzkäseverpackung säuberlich aufzudröseln, so wie er es immer gemacht hatte, als Baron Biber noch gelebt hatte. Der verstorbene Kater hatte die beschichtete Folie immer hingebungsvoll saubergeleckt. Müller vermisste ihn auch noch nach fast einem halben Jahr.

»Das stimmt schon«, antwortete sie, »aber du hast ja das Depot gesehen. Wenn du die schweren Rollregalwagen bewegst, bleibt immer nur ein mehr oder weniger beengender Spalt offen. Nehmen wir an, die Diebe waren zu zweit. Dann könnte der eine das Lager bedient haben, während der andere sich im hinteren Teil umgeschaut hat. Auf jeden Fall hatte der eine kaum Zeit, alle Regalfelder durchzusehen.«

»Das bedeutet aber, dass er bereits gewusst hat, wo sich die gesuchten Objekte befinden. Es war also entweder ein Insider oder jemand, der sich sehr schnell auf die Situation einstellen und die Lagerkärtchen lesen kann, um gezielt zuzugreifen.«

»Jedenfalls muss es ein kräftiger Mensch mit schneller Auffassungsgabe gewesen sein, der gezielt nach der Sammlung Goldstern gesucht hat. Alle andern Sammlungsgegenstände in der Compactus-Anlage hat er ignoriert.«

»Und die Lötschental-Glasnegative?«, wollte Heinrich wissen.

»Die lagen unten im Regal, das quer zur Anlage hinten an der Wand befestigt ist. Aber im selben Regalabschnitt.«

»Könnte also auch ein Zufall gewesen sein.«

»Die Negative ja, die Goldstern-Objekte nicht. Danach haben sie gesucht. Jedenfalls sind alle andern Depotgegenstände unberührt geblieben«, erklärte Nicole.

»Die Werke der Volksfrömmigkeit beschäftigen mich noch. Die könnten doch einen gewissen Verkaufswert haben.«

»Sie werden aber kaum die noch nicht ausgepackten Schachteln untersucht haben. Sondern sie haben mitgenommen, was sie noch tragen konnten und was gerade griffbereit herumlag.«

»Der eine hat also gezielt zugegriffen, der andere wollte einfach nicht mit leeren Händen raus und hat sich auch etwas geschnappt?« Müllers Zweifel waren unüberhörbar.

»Ich verstehe sowieso nicht«, sagte Nicole, »wieso jemand in unser Depot einbricht, um etwas zu stehlen. Ich meine, ich habe schon von Kunstdiebstählen gehört, bei denen anschließend Lösegeld für die Rückgabe der gestohlenen Bilder verlangt wurde. Aber bei uns?«

»Es ist immerhin ein Ansatzpunkt«, überlegte der Detektiv. »Vor allem die Leihgaben für die bevorstehende Ausstellung. Es gibt doch einen gewiss nicht kleinen Skandal, wenn das Alpine Museum öffentlich zugeben muss, dass ihm nicht gehörende Kunstwerke abhandengekommen sind. Da ließe sich doch ein bisschen was rausholen.«

»Dann kennen die Diebe aber unsere finanzielle Situation nicht«, spottete Nicole. »Lieber einen peinlichen Auftritt als Lösegeldzahlungen.«

Heinrich betrachtete Nicole aufmerksam. Vor beinahe zehn Jahren hatten sie sich kennengelernt, in einem Dorfgasthof im Emmental. Jung und unbeschwert. Die Jahre waren ins Land gezogen. Nicole ging auf die 30 zu, er selbst würde bald 60 werden. Aus dem grazilen, wirbligen Girl war eine Frau mit einem kräftigeren Körper geworden, die mehr von ihrer melancholischen Seite mitschleppte, als ihr lieb war. Erste Fältchen zeigten sich beim Lächeln in den Mund- und Augenwinkeln, eine Sorgenfalte hatte sich in die Stirn geschlichen. Aber ihre rehbraunen Augen leuchteten wie eh und je, die Haare waren nach wie vor schwarz und lockig und fielen bis auf die Schultern. Und wenn Nicole sich – wie heute – einen Zickzack-Scheitel gekämmt hatte, konnte sich Heinrich kaum sattsehen und war glücklich über ihre Freundschaft.

Mit Wehmut erinnerte er sich jedoch an die ersten Fälle, als sie beide mit einer inzwischen unter dem Eindruck der Ereignisse verloren gegangenen Spontaneität gehandelt hatten, als sie auch ihre dunklen Seiten ausgelebt hatten, als er sie Lucy nannte und sie ihn Henry Miller, als sie auf Gedanken gekommen waren, die sie sich heute verbaten. Die Frische und Unbekümmertheit war nicht überall gut angekommen. Oder war es das zunehmende Wissen, das zu mehr Sachlichkeit führte? Jedenfalls fehlte Heinrich manchmal diese anarchische Seite und er nahm sich ein erhebliches Maß an Altersradikalität vor.

»Erzähl doch noch mal, was es mit diesen Gegenständen auf sich hat.«

»Im alpinen Raum gibt es eine ganze Menge von Volkskunst, die sich religiösen Themen zuwendet. Natürlich haben diese meist einen katholischen Hintergrund. Aber es gibt immer wieder Anklänge an vorchristliche Riten, die sich irgendwo erhalten haben. Natürlich hat die Kirche seit dem Mittelalter alles dafür getan, dass diese Gegenstände und rituellen Handlungen verschwinden. Aber der Zugriff reichte nicht immer bis ins hinterste Tal oder bis zur höchsten Alp.«

»Eins nach dem andern«, sagte Heinrich und nahm einen letzten Schluck Kaffee. »Die Marienfigur.«

»Nichts Besonderes. Ein typisches Zeugnis mittelalterlicher Holzbildhauerkunst, wie man sie im ganzen nördlichen Alpenraum findet. Einfach aufgrund des Alters mit Seltenheitswert, denn viele dieser Skulpturen stehen nach wie vor in den Kapellen, für die sie geschnitzt worden sind.«

»Die Heiligen- und Wallfahrtsbilder?«

»Die habe ich nicht genauer angeschaut. Um genau zu sein, habe ich gar nichts im Original gesehen, es war ja noch alles eingepackt. Aber in der Vorbereitung haben uns alle Leihgeber digitale Fotos geschickt, aufgrund derer wir eine Auswahl getroffen haben. Deswegen kenne ich die Gegenstände.«

»Dann haben wir immerhin Dokumente der Beute«, gab sich Heinrich zufrieden.

»Wie gesagt hatten wir einen Stapel dieser Wallfahrtsbilder, die im 15. Jahrhundert aufkamen, etwa zeitgleich mit den Ablassbriefen. Oft waren es Holzschnitte von einzelnen Bildstöcken, die anschließend von Hand eingefärbt wurden. Erst als die Erfindung des Buchdrucks größere Auflagen ermöglichte, konnten die Einblattdrucke an Pilger billig abgegeben werden. Vorbild war oft ein berühmtes Wallfahrtsgemälde, zum Beispiel ein Heiliger Sebastian. Er soll sich als Hauptmann am römischen Kaiserhof bereits im zweiten Jahrhundert zum Christentum bekannt haben. Er erlitt sein Martyrium, indem er von Pfeilen durchbohrt wurde. Man hielt ihn für tot und ließ ihn liegen. Eine Witwe, die Heilige Irene, aber pflegte ihn wieder gesund, worauf er einen zweiten Anlauf nahm und sich vor Diokletian erneut zum Christentum bekannte. Also erschlug man ihn im Zirkus, warf ihn in die Abwassergrube, wo ihn Christen herausholten und in den Katakomben begruben. Nun gilt er als Schutzheiliger gegen die Pest und andere Seuchen sowie als Brunnenheiliger.«

»Seltsame Karriere«, brummte der Detektiv. »Diese Bildchen sollten also im Spätmittelalter vor der Pest schützen. Warum nicht? So gut wie irgendein Pestdoktor in der Pinguinkluft mit einem Essigschwämmchen waren sie wohl allemal. Aber heute kann man mit den Bildchen nichts mehr anfangen. Was mich jedoch interessiert: Der Osterleuchter für die Finstermesse.«

»Da hast du recht, das ist faszinierend. Auch nicht vom Marktwert, aber von der Überlieferung her. Die Finstermesse ist ursprünglich die Morgenmesse an den drei Tagen vor Ostern. Bei unserem Exemplar wurde auf einen Osterleuchter ein Aufsatz für 13 Kerzen gesteckt. Während der Finster- oder Tenebraemette wurde eine Kerze nach der andern gelöscht, bis es in der Kirche finster war. Die ersten zwölf Kerzen stehen für den wankenden Glauben der Apostel, die 13., die ein wenig länger leuchten durfte, für die heiligste Jungfrau Maria.

Man nannte den Anlass auch Rumpel- oder Pumpermesse. Die Kirche war rappelvoll, so beliebt waren diese Messen. Gegen Ende hin machten die Leute mit mitgebrachten Instrumenten Lärm, der entweder die vom Verräter Judas angeführte Kriegerschar oder das Erdbeben beim Tod Christi symbolisieren sollte. Dieses Klopfen und Hämmern war kaum zu kontrollieren, die Leute hatten Spaß daran, es ging einiges zu Bruch und unliebsame Personen konnten durchaus auch belästigt, zum Beispiel durch den Schuh hindurch am Fußboden festgenagelt werden.«

»Was noch?«, fragte Müller.

»Es gab noch ein paar Bleizeichen als Pilgersouvenirs, in Form eines geflügelten Phallus oder einer pilgernden Vulva. Aber auch missliebige Darstellungen der Dreifaltigkeit, bei denen ein Kopf drei Gesichter aufweist oder eine aufklappbare Marienstatue im Innern die Dreigestalt Gottes zeigt, was in Kirchenkreisen höchst verpönt war. Aber für die kirchlich ungebildeten Leute waren es verehrungswürdige Objekte.«

»Und der Jetzerhandel? Was hat es damit auf sich?«

»Um 1500 gab es einen Kirchenstreit darüber, ob Maria mit dem Makel der Erbsünde geboren sei oder nicht. Maria sei als leibliche Tochter von Anna und Joachim auf die Welt gekommen, aber Gott habe sie von der Geburt an vor allen Sünden bewahrt, also auch vor der Erbsünde. Deswegen nennt man sie auch ›Immaculata‹. Die Franziskaner haben diese Position vertreten. Die Dominikaner und mit ihnen die katholische Tradition bevorzugten jedoch die Version, dass auch Maria von der Erbsünde befallen gewesen sei. Die Bevölkerung wandte sich allerdings von den Dominikanern ab, sodass diese beschlossen, das Wunder von Bern zu inszenieren, mit dem Ziel, zu einer Pilgerstadt zu werden. Am 24. August 1506 wollte der Schneidergeselle Hans Jetzer aus Zurzach als Novize in den Dominikanerorden eintreten und begab sich zum Predigerkloster, der heutigen Französischen Kirche. Kurz darauf gab es Visionen und Wunder. Die Heilige Barbara erscheint dem Jetzer, der Geist eines ehemaligen Klostervorstehers sprach zu ihm, schließlich betrat Maria seine Zelle und bestätigte ihre befleckte

Empfängnis, daraufhin empfing er die Wundmale Christi, Maria verband die Wunden mit den Windeln von Jesus, und als Jetzer vor dem Bild der Muttergottes betete, weinte es blutige Tränen. Erst da wurde der Schwindel entlarvt, die Dominikaner standen ziemlich dumm da. Hans Jetzer selber blieb verschont, aber vier der Mönche wurden als Anstifter abgeführt, gefoltert und als Ketzer verbrannt, ihre Asche in die Aare gestreut.«

»Was für ein Sonntag!«, stöhnte Heinrich Müller.

DIENSTAG, 19. MAI 2015

Gegen Abend lockerte die Bewölkung auf, der Regen ließ nach, aber es war noch nicht warm genug für einen Apéro in der Pergola.

Durch den »Schwarzen Kater« dröhnten die wilden Rhythmen eines Orchesters mit Roma-Blechbläsern und ein schleppender serbischer Gesang, von dem man nur das häufig wiederholte »Alkohol« verstand.

»Goran Bregović …«, mümmelte Heinrich Müller zwischen zwei Bissen Schinkensandwich.

»Soll ich dir noch einen Weißen ausschenken?«, fragte Nicole Himmel.

Er antwortete nur: »Gern«, ohne auf die Ironie einzugehen.

Dann intonierte das Orchester eine langsam startende und sich wild steigernde Version von Müllers Lieblings-Résistance-Lied »Bella Ciao«.

Nicole holte am Tresen eine Flasche Pinot Gris von Steiner Schernelz und setzte sich mit einem weiteren Glas zu Heinrich. Die drei Grazien drückten sich am Ecktisch zusammen und kicherten leise und manierlich. Mathilda fläzte auf einem Geschirrtuch, das sie sich auf einem Stuhl zu einem Nest arrangiert hatte.

»Die Sammlung Goldstern ist dir wichtig«, stellte Heinrich fest, als Nicole sich zu ihm setzte. »Erklärst du mir die Zusammenhänge?«

»Ich weiß schon, was du sagen willst. Die Objekte gehören ja nicht mir. Dennoch fühlt es sich so an, als ob jemand meinen persönlichen Besitz, ja meine Lebensgeschichte entwendet hätte.«

»Die Gegenstände sind unersetzlich?«

»Es ist nicht einmal das«, erwiderte sie, »einzelne Objekte können bestimmt zugekauft werden, auch gibt es in der Sammlung keine wirklichen Unikate, selbst die Teufelsfigur ist in Bessans mehrfach hergestellt worden. Die Spielzeuge und die Tesseln sind zwar Einzelanfertigungen, aber wenn man die Zusammenhänge ihres Gebrauchs nicht kennt, trägt das wenig zur Unterscheidung von ähnlichen Gegenständen bei. Es ist vielmehr der Gesamtzusammenhang, der das Ganze so interessant macht.«

»Also Eugénie Goldstern und ihre Sammeltätigkeit?«

»Genau. Sie war eine der frühen Ethnologinnen, sie hat sich mit Dingen beschäftigt, zu denen wir heute noch einen Bezug aufbauen können, und sie hat eine der frühesten Dorfmonografien der Völkerkunde geschrieben.«

»Erzähl mir ein bisschen vom Leben dieser Eugénie Goldstern«, bat der Detektiv.

Melinda Käsbleich, Phoebe Helbling und Gwendolin Rauch waren einen Tisch näher gerückt und lauschten gebannt.

»Ich weiß nicht, wo ich anfangen soll«, seufzte Nicole.

»Bessans?«

»Das ist ein Dorf in Savoyen, eines der höchst gelegenen dauernd bewohnten in Europa, auf 1.743 Metern. Es liegt an der Grenze zum Piemont und war ein Schmuggler- und Rebellenkaff, in das die gutbetuchte junge Dame aus Wien im Winter 1913 einzieht, um die Entbehrungen der Dorfbewohner für die nächsten paar Monate zu teilen. Das einzige Hotel vor Ort ist geschlossen, und so verbringt sie das Winterhalbjahr in der Stallwohnung des Wirts. Der im Erdreich angelegte Raum beherbergt neben der Küche und den Schlafplätzen auch das Vieh der Familie, kann nur schlecht geheizt und kaum gelüftet werden.«

»Krass«, staunte Phoebe, die Nicole mit Hingabe lauschte.

Gwendolin stellte fest: »Keinen Tag würdest du es dort unten aushalten!«

Nicole wandte sich an die beiden: »Albert Ottenbacher hat eine tolle Biografie über Eugénie Goldstern verfasst, aus der man das meiste über unsere Ethnologin erfährt. Eugénie hat also mit diesen Menschen gelebt, ihre Gewohnheiten erforscht, und sie hat einen Teil der Objekte vor Ort gesammelt, die sie – zusammen mit Fundstücken aus dem Wallis – dem Alpinen Museum überlassen hat. Sie hat auch ihre Dissertation über Bessans geschrieben, eine Arbeit, die sie 1920 an der Universität Fribourg eingereicht hat, nachdem sie auch in Bern studiert hat. Kurz darauf besteht sie ihre Doktorprüfung mit ›summa cum laude‹, der höchsten Auszeichnung.«

Nicole zwinkerte den drei Grazien zu.

»Wenn das kein Vorbild ist, wer denn?«, moserte Melinda.

»Aber eigentlich begann alles ganz anders«, fuhr Nicole fort. »1884 wird Eugénie als jüngstes von 14 Kindern geboren. Man nennt sie Jenja. Die Familie lebt im russischen Kaiserreich, in Odessa, das heute zur Ukraine gehört. Der Vater ist ein wohlhabender Kaufmann. Bei Ausritten aufs Land lernt Eugénie die so andersartige Kultur der einfachen Bauern kennen. Daher wohl ihre Vorliebe für deren Alltagsgegenstände.«

»Goldstern«, sagte Gwendolin, »wer heißt denn in Russland schon Goldstern?«

»In Odessa war um 1900 ein Drittel der Bevölkerung jüdisch«, erklärte Nicole. »Die Familie stammte aus Lemberg, dem östlichen Vorposten des österreichisch-ungarischen Kaiserreichs, bei den Goldsterns zu Hause sprach man Deutsch. Bereits in den ersten Jahren des neuen Jahrhunderts kam es zu Judenverfolgungen, und bei den revolutionären Unruhen von 1905 gegen die Misswirtschaft des Zaren Nikolaus II., des letzten gekrönten Kaisers Russlands, wurden die Juden aus der Stadt gejagt. Die Goldsterns waren schon in Wien, sie waren früh genug geflüchtet.«

»Sergei Eisenstein«, sagte Heinrich zu den drei Grazien, »habt ihr den Film ›Panzerkreuzer Potemkin‹ schon mal gesehen?«

Die drei schüttelten die wild frisierten Köpfe.

»Ein Stummfilm.«

Die drei rümpften die dezent gepuderten Nasen.

»Er zeigt die Meuterei der Matrosen auf dem Schlachtschiff und die brutale Reaktion der Soldaten, die auf der berühmten Treppe hinunter zum Hafen Hunderte von Menschen erschossen haben.«

Die drei sperrten die kräftig geschminkten Augen auf.

»Jedenfalls«, fuhr Nicole fort, »wurde Eugénie im engen Korsett der Familie nicht glücklich. Sie wollte sich der Aufsicht durch die älteren Brüder entziehen und kam 1912 zum ersten Mal in die Schweiz, ins Wallis. Ein Jahr später lebte sie in Bessans in Savoyen, bevor sie 1914 von den Franzosen als potenzielle Spionin ausgewiesen wurde und nach Wien zurückkehren musste.«

»Tolle Lebensgeschichte«, sagte Phoebe bewundernd.

»Noch nicht einmal die Hälfte«, meinte Nicole. »Den Rest erzähle ich ein anderes Mal. Diese Frau wurde mit ihrem Lebenswillen und ihrer Hartnäckigkeit als Forscherin zu einem Vorbild für meine eigene Tätigkeit.«

»Na ja«, warf Gwendolin ein und zupfte an ihren rot gefärbten brustlangen Haaren, »du hast es aber eher mit Leichen zu tun.«

»Die Methoden sind ähnlich«, gab Müller zu bedenken.

»Sowas lernt man aber nicht in der Schule«, beklagte sich Melinda.

Gwendolin meinte: »Das findest du im Netz.«

»Das ist genau das Problem«, sagte Nicole. »Man findet im Netz beinahe sämtliche Informationen in allen Details. Man kann sie abrufen, wenn man der Seite traut. Aber es bedarf zweier Voraussetzungen, um sie zu nutzen. Zuerst einmal muss man die Informationen verstehen. Und dann sollte man sie in einen Sinnzusammenhang stellen können.«

Vor ihnen auf dem Tisch lag eine Postkarte aus dem Alpinen Museum, die den Bessaner Teufel zeigte und die nun die Runde unter den Anwesenden machte.

»Bedrohlich wirkt diese Holzfigur aber nicht«, bemängelte Gwendolin, »wie groß ist sie denn?«

»Knapp 50 Zentimeter«, erklärte Nicole.

»Der Typ hat ja nicht einmal einen Schwanz«, ärgerte sich Phoebe.

»In einer erzkatholischen Bauerngegend war das wohl nicht gefragt«, schloss Melinda.

Heinrich nahm das Foto zur Hand. Es zeigte eine grob geschnitzte, aufrecht stehende Figur, die aus mehreren Teilen zusammengesetzt war. Offenbar konnte man die Arme bewegen. Der Körper war schwarz mit gelben Flecken bemalt, der eher quadratische Kopf hingegen leuchtete feuerrot, hässliche gelbe Riesenzähne standen von den Lippen ab, und eine ebensolche rote Zunge ragte aus dem Mund. Die Augen kohlschwarz, ebenso Lippen, Augenbrauen und Nase. Statt Haaren wuchsen dem Mann zwei Hörner nach oben aus dem Kopf und zwei schmale Haken aus der Stirn. Auf dem Rücken prangten zwei lodernd gelbe Flügel mit schwarzen und roten Funken als Repräsentation des Höllenfeuers. In seiner linken Hand hielt der Teufel eine zweigezackte glühende Lanze, in der rechten eine Frauengestalt, offenbar eine Sünderin in schwarzem Rock, mit aufgesteckten Haaren und einem roten Halstuch, die vor Schreck die rechte Hand vor den Mund hielt.

»Wenn einer in eine schlecht beleuchtete Stallwohnung tritt und diese Figur vor sich her streckt, dann würdet auch ihr erschrecken«, erklärte Nicole. »Stellt euch vor: Die einzigen Lichtquellen sind ein paar Kerzen und das Feuer im offenen Herd, das zugleich wärmen soll. Das Licht strahlt von unten, und der Schatten, der in den Raum geworfen wird, vergrößert die Figur monströs. Es gab damals im Gegensatz zu heute keine ruhigen, stabilen Schatten, die von einer beständigen Lichtquelle geworfen wurden. Jeder Schatten war beweglich, denn Kerzen und Feuer flackern und bringen Unruhe. Wenn nun so ein riesenhafter Teufelsschatten in deiner Stube an der Wand entlang schleicht …«

»Hör bloß auf!« Gwendolin schüttelte sich von den bösen Gedanken frei.

Nicole wandte sich Heinrich zu und schlug ein Buch auf, das sie mitgebracht hatte: »Der Ausstellungskatalog zu ›Ur-Ethnographie‹, der Werkschau, die das Österreichische Museum für Volkskunde 2004 der Sammlung Eugénie Goldstern gewidmet hat. Etwas spät, aber immerhin. Hier finden sich zwei Vergleichsfiguren.«

Sie schlug die entsprechende Seite auf.

Die beiden Teufel waren wesentlich bunter bemalt, aber von der Form her identisch. Auch hier hatte man die Arme so angebracht, dass man sie bewegen konnte. Beim einen Teufel hing noch ein Schwanz vom Rücken herunter, und er trug seine Feuerlanze mit beiden Händen. Der andere hielt die Bessaner Bäuerin links und die Lanze rechts.

»Und das ist, was Eugénie Goldstern in ihrer Dissertation selber über die Bessaner Teufel schreibt.« Nicole nahm eine zerfledderte Broschüre im A4-Format zur Hand und zitierte: »Das eigenartigste Erzeugnis der neueren Holzschnitzerei in Bessans ist der vierhörnige Teufel, welcher nach Aussagen der Bessaner von einem Ahnen des gegenwärtigen Schnitzers als Schreckmittel für unartige Kinder ersonnen wurde. Später, bei zunehmendem Fremdenverkehr in Bessans, ist der Teufel gleich den geschilderten Spielsachen hauptsächlich ein Artikel der Fremdenindustrie geworden. [...] Nicht immer erscheint der Bessaner Teufel als siegreicher Beherrscher der armen Seelen, sondern hie und da auch als Höllenfürst, welcher der Macht des Himmels nicht widerstehen kann. [...] Diese eigenartigen Erzeugnisse der Bessaner Volkskunst, in den Alpenländern in analoger Ausführung sonst nicht bekannt, sind leider im Begriff, zu verschwinden. Denn der letzte Vertreter der oben erwähnten Holzschnitzerfamilie Vincendières ist über 70 Jahre alt und hat keinen Nachfolger in seiner künstlerischen Tätigkeit.«

»Die Berner Figur gefällt mir am besten«, bemerkte der Detektiv, »sie ist die einzige mit einer Zunge, und die Bemalung wirkt düsterer und bedrohlicher. Die beiden andern sind zu bunt geraten.«

»Die Figuren wurden offenbar häufig hergestellt, sodass

es vom Bauernmaler und seiner Fantasie abhängig war, wie er die Figurenvorlage gestaltete.«

»Die Teufel wurden also hauptsächlich durch die Bemalung zu Einzelstücken.«

»Das ist die Figur, die wir suchen?«, fragte Melinda und tippte auf die Postkarte.

»Wir?«, fragte Heinrich Müller. »Von euch war in diesem Zusammenhang noch nicht die Rede.«

Phoebe schmollte: »Du verzichtest also auf unsere wertvolle Mitarbeit?«

DONNERSTAG, 21. MAI 2015

Wiederum betraten sie zu dritt das Rechtsmedizinische Institut der Universität Bern. Markus Forrer, Heinrich Müller und Nicole Himmel stiegen in den Aufzug, der sie ins Untergeschoss fuhr, wo der Sektionssaal zu finden war. Dr. Augsburger hatte am Telefon etwas reserviert getönt. Nun riss er auf ihr Klopfen hin die Tür auf und winkte die drei herein. Er schloss sie, kaum waren sie eingetreten.

Sie standen in einem Gewitter vorerst undurchschaubarer Töne. Eine behäbige barocke Trauermusik durchdrang die Ritzen in den Wänden. Orgel, Basso continuo und ein nicht näher identifizierbares Holzblasinstrument bildeten die gemessene Grundlage für den sehr künstlichen Gesang, aus dem man ein lautes »Misericordias Domini« heraushörte.

Der Rechtsmediziner spitzte die Ohren und sagte stolz: »›Leçons de Ténèbres‹ von Marc-Antoine Charpentier, Barockmusik für die Dunkelmesse!«

»Da wird aber nicht heftig gerumpelt«, flüsterte Nicole.

»Nein«, antwortete Müller, »dafür massiv gelitten.«

»Das kann ich nachvollziehen …«

Zwei Minuten lang hörten sie zu, dann verklang der letzte Ton.

»Das ist Musik!«, schwärmte Augsburger. »Ich spiele sie immer wieder meinen Klienten vor.«

»Sie meinen die Leichen im Keller?«, fragte der Polizist.

»Wenn Sie sie so nennen möchten …«

Abrupt wechselte er den Ton ins Offizielle.

»Aber Sie sind nicht wegen der Musik gekommen.«

Eine klein gewachsene ältere Frau mit wirren, blau gefärbten Haaren stand neben Augsburger und wollte soeben eine frisch hereingekommene Leiche anschneiden.

»Meine Kollegin aus Thailand«, beeilte sich Augsburger, die Dame vorzustellen, die einen unaussprechlichen Namen und ein angenehmes Lächeln hatte.

»Ein Rechtsmedizineraustausch?«, wollte Müller wissen.

Augsburger antwortete: »Ein Kongress. Sie assistiert mir gerade … oder ich ihr.«

Obwohl ein Flüstern nicht nötig war, da Schweizerdeutsch als Geheimsprache durchging, senkte der Rechtsmediziner die Stimme.

»Sie ist Buddhistin. Sie glaubt, Seelen von Ermordeten könnten erst Ruhe finden, wenn die Todesursache geklärt sei. Deshalb ist sie manisch gründlich. Immerhin schweben dann die Seelen als Engel über uns und beschützen uns.«

»Und«, beeilte sich Nicole, »sind die Seelen zufrieden?«

»Noch nicht«, sagte Augsburger, »Sie müssen Ihren Teil dazu beitragen.«

Dann fuhr er sich über die schweißglänzende Glatze und fragte: »Was führt Sie her?«

Markus Forrer war etwas perplex. Dann sagte er: »Der Fall Kurt Arnold. Sind die Untersuchungsergebnisse nun vollständig?«

Augsburger schien reichlich verwirrt durch die Anwesenheit der thailändischen Pathologin.

»Sie haben den Bericht nicht bekommen?«

»Nein.«

»Ach ja, der ging an die Polizei in Kandersteg. Weshalb interessiert Sie der Fall so sehr, dass Sie ohne Wissen Ihrer Kollegen bei mir vorstellig werden?«

»Sie haben mich angerufen«, erklärte der Polizist.

»Genau«, erinnerte sich Augsburger. »Ich wollte mich darüber beschweren, dass ich verschiedenen Amtsstellen Auskunft geben soll. Als ob das Leben nicht kompliziert genug wäre.«

»Sie kennen doch die Problematik der unkoordinierten dezentralen Polizeiarbeit«, konterte Forrer. »Wenn die Kollegen in Kandersteg wissen, wie einer der Ihren ums Leben gekommen ist, hilft ihnen das eventuell, einen Täter zu finden. Da möchten wir niemandem im Wege stehen. Wenn wir in Bern jedoch dieselben Informationen haben, können wir sie mit anderen ungelösten Fällen verknüpfen.«

»Dafür gibt es doch ViCLAS*«, erwiderte der Rechtsmediziner.

»Und das wiederum ist bei uns in Bern angesiedelt. Wir gleichen im Computer schwere Gewaltdelikte miteinander ab und suchen nach Übereinstimmungen. Es fehlen aber die auf den ersten Blick unspektakulären Ereignisse, die allenfalls auf größere Zusammenhänge verweisen würden.«

»Das ist zum Glück Ihr Problem«, sagte der Rechtsmediziner, während seine thailändische Kollegin auf das Signal zum Beginn der Obduktion wartete.

»Der Fall lässt uns nicht los«, ergänzte Heinrich Müller. »Irgendwie haben wir im Gespür, wenn etwas nicht stimmt. Déformation professionnelle.«

»Sehr gut!«, trompetete Augsburger. »Dann geht es Ihnen wie mir. An der Sache ist etwas nicht sauber.«

»Was?«, fragte Nicole.

»Beginnen wir mit dem Einfachen«, dozierte er. »Der Verstorbene hat Schmauchspuren an der rechten Hand.«

---

* ViCLAS: internationales, standardisiertes Analysesystem für Gewaltverbrechen

Forrer sagte: »Das wäre bei einem Selbstmord zu erwarten.«

»Genau. Aber wer zieht schon bei minus 18 Grad seinen rechten Handschuh aus und nimmt eine möglicherweise feuchte Pistole aus Metall in die Hand?«

»Gut«, sagte Nicole, »wenn er eh nicht mehr leben will, kommt's auf eine Hand mehr oder weniger auch nicht an.«

Alle starrten sie verblüfft an.

»Stimmt«, entgegnete Augsburger. »Für einen Selbstmord hätte Kurt Arnold jedoch zu Hause in der warmen Stube bleiben können. Da hätte man ihn auch schneller gefunden. Wozu der große Aufwand mit einer Inszenierung als Eisfischer, der erst im Frühling mumifiziert gefunden werden will?«

»Er wollte sichergehen. Das Erfrieren allein hat ihm zu lange gedauert«, schloss Nicole.

»Ein gutes Argument. Damit kommen wir zur Todesursache.« Er nahm den Bericht zur Hand. »Eindeutig die Kugel im Gehirn mit der dazugehörigen Blutung. Es waren zu viele Gefäße verletzt, als dass Arnold überlebt hätte.«

»Spielt das eine Rolle?«, fragte Nicole.

»Vielleicht. Falls es ein Mord war, spielt es die entscheidende Rolle. Denn wenn Arnold zuerst erfroren wäre, hätte sich der Schütze herausreden können.«

»Wie lange dauert denn das Erfrieren?«, wollte Müller wissen.

»Bei einem Sturz in einen Gletscherbach oder in den winterlichen Oeschinensee beträgt die mögliche Restlebenszeit bei einer Wassertemperatur von fünf Grad höchstens eine bis zwei Stunden. Von den Füßen her kühlt Arnold also rasch aus. Im Schnee, beispielsweise in einer Lawine, reduziert sich die Körperkerntemperatur sehr langsam, und ein

Verschütteter kann auch nach Stunden noch gerettet werden. In unserem Fall könnte der Tod auch binnen Minuten durch Herzkammerflimmern eingetreten sein. Aber auch hierfür liegen keine Anzeichen vor. Eindeutig der Schuss.«

»Und was ist daran problematisch?«, wollte Forrer wissen.

»In der Pistole fehlen zwei Kugeln«, sagte Augsburger. »Das haben wir bei Ihrem letzten Besuch bereits festgehalten. Die eine könnte natürlich schon früher abgefeuert worden sein, aber falls Sie vor Ort eine zweite finden, ist die Sachlage klar. Ein Selbstmörder wird wohl kaum probehalber zuerst einmal danebenschießen und die ganze Aufmerksamkeit auf sich lenken.«

»Das irritiert mich sowieso«, fuhr Forrer dazwischen. »Es gibt doch immer eine Anzahl von Touristen sowie die Menschen im Restaurant, die vor Ort anwesend sind. Einen Schuss müsste man in diesem Talkessel rundherum hören. Aber niemand hat eine Meldung gemacht.«

»Und ein Schalldämpfer war nicht im Spiel«, ergänzte Augsburger. »Irgendetwas muss den Lärm der Pistole übertönt haben. Das ist im Moment nicht zu klären. Ich hätte allerdings gerne eine dreidimensionale Schussbahnrekonstruktion vorgenommen, um sicherzustellen, dass der tödliche Schuss von der eigenen Hand abgefeuert worden ist.«

»Sie reden im Konjunktiv«, sagte Nicole.

»Die Tatumstände sind so, wie sie sich präsentieren. Die Elemente Eis und Schnee sind instabil, das Opfer könnte bereits mindestens teilweise eingesunken sein, dann entspricht die Fundlage im Frühling nicht mehr dem Tathergang, der Körper ist vielleicht auf die Seite gerutscht oder hat sich leicht gedreht. Deswegen musste ich darauf verzichten.«

»Schade«, sagte Nicole, »das hätte ich mir gerne angeschaut.«

»Gerne« und »anschauen« sind Begriffe, die in der Rechtsmedizin nicht so oft benutzt werden. Entsprechend fröhlich schaute Dr. Augsburger die junge Anthropologin an.

»Can I start now?«, fragte die Thailänderin eifersüchtig.

Aber Augsburger war nun ganz auf den Fall Arnold fokussiert. »Es wirft einen Schatten auf Sie«, sagte er zu Nicole, »wenn Sie sich zu stark mit der Rechtsmedizin identifizieren. Glauben Sie mir, ich rede aus Erfahrung. Nicht dass wir ein Schattendasein führen würden, aber wir sind verbannt in das Reich der Schatten und der Finsternis.«

»… dessen Herrscher der Teufel ist«, ergänzte Müller.

»So habe ich das noch nie gesehen«, meinte Dr. Augsburger mit einem sardonischen Lächeln, als er die drei aus dem Sektionssaal führte. Als die Tür hinter ihm ins Schloss fiel, hörten sie ein kräftiges »Go!« und die ersten Takte der Finstermesse.

Oben im Erdgeschoss sagte Markus Forrer: »Wir treffen uns morgen zu einem kleinen Ausflug. Ich hole euch um neun Uhr im ›Schwarzen Kater‹ ab!«

FREITAG, 22. MAI 2015

Der Tag ließ sich gut an, die Sonne schien, als Markus Forrer die beiden Detektive abholte und mit dem Auto gegen Süden, Richtung Alpen fuhr. Nur ein paar Schleierwolken trübten ab und zu die Sicht. Sattgelbe Rapsfelder und Wiesen voll von honiggoldenem Löwenzahn säumten ihren Weg, Grün in allen Schattierungen, vom Hellgrün erwachender Gräser bis zum Dunkelgrün gestandener Tannenbäume, der Wald ein Flickenteppich aus Knospen und Altwuchs. Dazwischen das Weiß verstreuter Blüten und die explodierende Farbenpracht von Obstbäumen. Die zunehmende Bewölkung sorgte vor Thun für ein gemächliches Verschwimmen der farblichen Unterschiede, und der einsetzende Regen machte sie einander gleich.

Kurz nach Spiez wurde die Autobahn zur Überlandstraße, vom Thunersee zweigten sie in das schmale Frutigtal ab, das von Felswänden rechts und links mehr und mehr eingeengt wurde. Hinter Kandergrund galt es, eine ruppige Felsstufe in mehreren Spitzkehren zu überwinden, bevor sie auf 1.170 Metern Höhe im Dorf Kandersteg eintrafen und links zur Gondelbahn abzweigten, die hinauf zum Oeschinensee fuhr. Auf dem zugehörigen Parkplatz erwartete sie Ueli Wanner vom Polizeiposten Kandersteg.

Seine massige Gestalt erinnerte an ein unförmiges Recyclingobjekt, zusammengesetzt aus den Lumpen, die die Evolution am Straßenrand liegen gelassen hatte. Die Nase hatte den Schlag eines Boxers abbekommen, die Augenlider waren von der Schwerkraft gebeutelt, die Ohren in die

Länge gezogen, und das Kinn hatte sich vor den Ansprüchen des Lebens in eine doppelte Falte verkrochen.

Die Gondelbahn war, nach einigen Widerständen von Transportnostalgikern, vor wenigen Jahren erneuert worden, moderne Kabinen trugen einen in rascher Fahrt auf knapp 1.700 Meter hinauf, 100 Meter über den Seespiegel. Heinrich erinnerte sich noch an die alten Doppelsessel, die quer zur Fahrtrichtung am Seil hingen. Man blickte also nicht nach oben, sondern auf die Felsen und Berge rechts oder links der Laufrichtung. Über dem Kopf eine Art Baldachin, der vor den schlimmsten Wetterkapriolen schützte. Heinrich hatte diese Bahn geliebt, aber er musste eingestehen, dass die Fahrt vor allem im Winter eher einer Tortur geglichen hatte.

Von der Bergstation machten sich die vier auf das Sträßchen zu den Restaurants. Wenige Meter unterhalb des Parkplatzes überquerten sie auf einen paar groben Steinen das flache Ende des Oeschinensees und beschritten den Weg Richtung Fründenhütte, einen Trampelpfad entlang dem Ufer, der weiter hinten am See steil ansteigen würde. Kurz vorher besann sich Ueli Wanner, zeigte auf die Uferpartie des tiefblauen, ja fast schwarzen Gewässers und erklärte eher unwillig: »Auf dieser Höhe haben wir den Toten gefunden.« Er vermied es, den Namen zu nennen. »Etwa acht Meter vom Ufer entfernt. Die Bergung war schwierig, das Eis war nicht mehr dick genug. Es konnten höchstens zwei Personen angeseilt gleichzeitig arbeiten.«

Das Wasser lag still, als ob es ein Geheimnis bewahren müsse. Die Kiesel speicherten noch die Kälte des vor Kurzem geschmolzenen Schnees. Die Hänge waren kahl, die Sonnenstrahlen erreichten erst das ewige Eis der Gletscher. Die Blüemlisalp trug stolz ihr weißes Kleid. So lieblich der in einem Felskessel gelegene Bergsee auf Fotos wirken mochte, so abweisend, ja bedrohlich bot er sich heute ihren Blicken dar. Kein einziges Tier war zu hören. Nicole fröstelte. Es war ein unnahbares Grab.

»Die Leiche kann im Eis nicht gewandert sein?«, fragte Nicole.

»Das ist ein See, kein Gletscher«, erwiderte der Einheimische. »Das Eis ist gleichmäßig verteilt und liegt flach. Es verschiebt sich also nicht, denn es friert von oben nach unten zu. Ein Gletscher hingegen verhält sich wie ein Fluss, da gibt es Gefälle und vor allem hohen Druck von hinten und oben. Im Innern des Gletschers kann er durchaus das 10- bis 20-fache des atmosphärischen Drucks erreichen.«

Nicole sinnierte über das dunkle Wasser und fragte: »Wie tief ist der See?«

»Die maximale Tiefe liegt bei 56 Metern. Die Fläche beträgt etwas mehr als einen Quadratkilometer«, antwortete Wanner, um dann nachzulegen: »Gehen Sie von einer Fremdeinwirkung aus? Oder weshalb ermitteln Sie hier? Der Fall wurde doch nicht nach Bern abgegeben, oder habe ich etwas verpasst?«

»Viele Fragen auf einmal«, erwiderte Forrer. »Nein, die Sache Arnold ist nicht überstellt worden. Aber wir waren gestern in der Rechtsmedizin …«

Ueli Wanner zog die Augenbrauen in die Höhe.

»… und da die sterblichen Überreste in Kürze zur Bestattung freigegeben werden sollen, wollen wir sicherstellen, dass keine Fehler gemacht worden sind.«

»Im Sinne von ›Die Einheimischen sind befangen‹?«, wehrte sich der Kandersteger Polizist.

Forrer druckste herum: »An sich haben Sie überhaupt nichts damit zu schaffen.«

Nicole zog ihre Windjacke enger um den Körper, denn der Wind setzte ihr arg zu. Dann erklärte sie: »Außerdem haben wir in Bern einen Diebstahl, mit dem wir nicht weiterkommen.«

Wanner lachte. »Nun möchten Sie ein wenig die Köpfe lüften …«

»Das ist eine persönliche und etwas delikate Angelegenheit«, erklärte Heinrich Müller. »Wir sind aus verschiedenen Gründen sehr an diesem Diebstahl interessiert. Kurt Arnold persönlich ist bestimmt nicht der Täter, denn er lag zum Zeitpunkt des Einbruchs bereits in der Rechtsmedizin.«

Ueli Wanner schluckte leer.

»Die beiden Vorfälle liegen auf den ersten Blick weit auseinander«, erklärte Markus Forrer. »Aber natürlich überlegen wir uns bei ungewöhnlichen Ereignissen immer, ob sie etwas gemeinsam haben, also ob der Tod von Arnold mit dem Diebstahl zusammenhängen könnte.«

»Was nun?«, fragte der Kandersteger. »Diebstahl oder Einbruch?«

»Einbruch mit Diebstahl«, erklärte Nicole Himmel. »Die Diebe haben im Alpinen Museum die Tür zum Depot aufgebrochen und sich dort bedient.«

»Gut«, überwand sich Wanner, »wir können durchaus etwas Hilfe gebrauchen, auch wenn sie inoffiziell ist.«

Forrer atmete auf und fragte: »Sie haben den Bericht von Dr. Augsburger gelesen?«

»Ja«, erwiderte Wanner. »Ist vor ein paar Tagen reingekommen. Sieht nach Selbstmord aus. Schmauchspuren an der rechten Hand, Pistole aufgesetzt …«

»Arnold war Rechtshänder?«, fragte Müller.

»Soviel wir wissen«, sagte der Kandersteger.

Forrer fragte: »Gibt es Gründe für einen Selbstmord?«

»Eigentlich nicht. Die Familie hält es für ausgeschlossen. Medizinische oder psychische Probleme sind nicht bekannt, Kurt litt auch nicht an Depressionen. Höchstens dass ihm das Alter zu schaffen machte.«

Wanner zögerte.

»Aber …?«, fragte Nicole.

»Es müsste Gründe vor Ort gegeben haben«, erklärte Wanner. »Nehmen wir an, er sinkt im Eis ein und weiß, dass er sich nicht mehr befreien kann.«

»Er hat sein Handy dabei. Er ruft die Nothilfe an, die REGA, die Restaurants auf der gegenüberliegenden Seeseite, er ist ja in Sichtweite.«

»Er weiß aber auch«, fuhr Wanner fort, »dass es bei der herrschenden Kälte nur 20 bis 30 Minuten dauert, bis seine Beine erfrieren. Eine Rettung braucht auf jeden Fall länger – bis die Leute vor Ort sind, bis der Helikopter startklar ist, auf dem Eis landen kann er nicht. Und dann muss man Kurt erst aus Schnee und Eis befreien. Da ist es für seine Beine zu spät. Eine Amputation droht. Aus lauter Verzweiflung also erschießt er sich.«

»Tolle Geschichte«, spottete Nicole. »Ich habe ja schon mal gelesen, dass sich ein Mann seinen eingeklemmten und zerschmetterten Arm abgeschnitten hat, um zu überleben. Aber dass sich einer gleich umbringt, ohne irgendetwas für seine Rettung zu tun? Was wir bisher von Kurt Arnold gehört haben, lässt jedenfalls diesen Schluss nicht zu.«

Ueli Wanner schwenkte den schweren Kopf hin und her und sagte: »Es hat uns schon verwundert, dass Kurt alleine zum Eisfischen gegangen sein soll. Denn er kennt die Verhältnisse gut. Was uns auch stutzig gemacht hat: Er wäre bestimmt mit seinem Schneemobil hier hochgefahren. Das

Gefährt jedoch stand am Bahnhof, als ob jemand eine falsche Spur legen wollte.«

Der Detektiv fragte: »Wie wahrscheinlich ist es, dass Arnold bewaffnet zum Fischen geht?«

»Unmöglich ist es nicht, aber ungewöhnlich«, erklärte Wanner. »Er war alleinstehend, deshalb wissen wir über seine Angewohnheiten nicht genau Bescheid. Leider haben wir auch keine Kenntnis darüber, wem die Waffe gehört. Registriert war sie jedenfalls nicht.«

»Ein bisschen viele Mutmaßungen für meinen Geschmack«, bemängelte Forrer. »Ich mag konkrete Aussagen. Wie groß ist die Chance, dass wir die zweite Kugel finden, falls ein Taucher mit einem Metalldetektor in den See steigt?«

»Gegen null«, sagte der Einheimische. »Falls es einen zweiten Schuss vor Ort gegeben hat, ging es ja nur um die Schmauchspuren. Die Kugel könnte auch irgendwo in den Felsen liegen.«

»Bleibt noch die Frage, womit Kurt Arnold beschäftigt war«, sagte Heinrich Müller, »und ob uns das einen Hinweis auf den Täter liefert.«

»Ach, wissen Sie«, der Polizist sträubte sich ein wenig, »Arnold war ja nicht mehr in der Politik aktiv. Aus dem Nationalrat hat er sich vor einigen Jahren zurückgezogen, und zum Bundesrat haben sie ihn in Bern oben nicht gewählt, da saß mit dem Ogi bereits vorher ein Kandersteger. Mehr als einen von uns ertragen sie nicht bei euch unten.«

»Nanu«, dachte Nicole laut, »einmal ist Bern oben, dann unten?«

Ueli Wanner lachte. »Oben ist Bern, wenn damit die Bundesstadt gemeint ist, also die Politik, die Regierung –

unten liegt es, wenn wir geografisch gesehen auf euch herabschauen.«

»Arnold aber hatte noch seine Verbindungen nach Bern«, setzte Forrer nach.

»Unterschätzt den Mann nicht«, erklärte der Kantonspolizist nun. »Er war immer noch der Strippenzieher seiner Partei, ein Ekel für die einen, ein erfolgreicher Netzwerker für die andern. Immerhin hat er durchgeboxt, dass der Bau des Lötschberg-Basistunnels vor demjenigen des Gotthards begonnen und die Bahnstrecke wesentlich früher in Betrieb genommen wurde.«

»Dann hat er aber im Wallis eine Menge Freunde, wenn man sieht, wie die neue Verbindung den Tourismus beflügelt hat«, wandte Nicole ein.

»Bei uns im Berner Oberland jedoch ein paar Feinde mehr, weil die Züge nun den direkten Weg in den Süden suchen und nur noch der ›Lötschberger‹ die alte Linie befährt.«

»Noch einmal: Woran hat er in letzter Zeit gearbeitet?«, insistierte Forrer.

»Nun gut, soweit ich gehört habe, ging es um die Umsetzung der Zweitwohnungsinitiative.* Es braucht da offenbar die eine oder andere Ausnahmebewilligung, um einzelne größere Projekte durchzubekommen, die sonst nicht mehr gebaut werden könnten.«

»Nicht ganz unproblematisch für den Vertreter einer Partei, die den Volkswillen für heilig ausgibt, aber in die-

* Die Zweitwohnungsinitiative wurde am elften März 2012 von der Bevölkerung und den Kantonen der Schweiz angenommen. Sie verlangt, dass nicht mehr als 20 Prozent der Wohnungen einer Gemeinde als Zweitwohnungen genutzt werden dürfen. In den Bergregionen wurde die Vorlage massiv abgelehnt. Das Parlament hat die Initiative inzwischen stark verwässert.

sem Fall alles tut, um eine verlorene Abstimmung zurechtzubiegen«, sagte der Detektiv.

»Solange seine Parteigänger einen Vorteil daraus ziehen …«

Man ließ die Aussage des Polizisten so stehen.

Als die vier wieder auf dem Parkplatz der Gondelbahn standen und sich Wanner verabschieden wollte, stellte Markus Forrer doch noch eine Frage: »Ist bei der Hausdurchsuchung etwas Auffälliges zum Vorschein gekommen?«

»Welche Hausdurchsuchung?«, fragte der Einheimische entsetzt.

»Nachdem man auch mit Mord rechnen musste, hätte doch jemand eine Durchsuchung beantragen müssen.«

Ueli Wanner druckste herum, sein Doppelkinn wackelte. »Zuerst sind wir ja von einem unerklärlichen Verschwinden ausgegangen, dann von Selbstmord. Wir haben zwar die Wohnung versiegelt, damit nichts wegkommt. Dann wurde von einem Notar ein Inventar gemacht, sodass es nicht zu Erbstreitigkeiten kommt. Da gibt es in Kandersteg schon Probleme genug, und wenn es sich um einen bekannten Politiker handelt, ist Feuer im Dach. Ausgeschlossen, dass wir auch noch die Wohnung auseinandergenommen und Dokumente kontrolliert hätten.«

»Und jetzt?«

Wanner schrumpfte in sich zusammen.

»Die Erben haben die Wohnung vor Kurzem geräumt. Da ist nichts mehr zu finden.«

»Spurenbeseitigung à la Berner Oberland«, wetterte Forrer. »Das könnte euch teuer zu stehen kommen.«

Ueli Wanner setzte spitzbübisch nach: »Wir waren natürlich schon in der Wohnung. Kurt hatte ja den Schlüssel bei sich. Also einfach ohne Aufsehen zu erregen. Und ohne Durchsuchungsbefehl.«

Forrer schüttelte den Kopf.

»Wir haben nach Waffen gesucht, aber keine gefunden.«

»Ein Kandersteger Politiker ohne Waffen?«, fragte Nicole perplex. »Nicht einmal ein Jagdgewehr?«

»Arnold hat mehr mit seinen Worten gejagt. Es kursiert ein Gerücht im Dorf, Arnold habe am Stammtisch damit gedroht, er könne die ganze Bagage auffliegen lassen. Das war nach seinem Rücktritt. Kurze Zeit später hat Kurt die Unterlagen aus seinen Politikerjahren in der Kehrichtverbrennungsanlage Thun entsorgt.«

Er lächelte verschmitzt.

Müller erkannte: »Sie haben doch noch etwas gefunden …«

»Sagen wir es so: Wir verstehen, warum die Erben zügig geräumt haben. Mit dem, was in der Wohnung herumlag, hätte man einen Versandshop für Pornoartikel betreiben können.«

»Also war es Schadensbegrenzung«, meinte Nicole.

»Image-Pflege«, sagte Wanner. »Einen Ordner haben wir mitgenommen. Ich habe den Inhalt für euch kopiert.«

Aus seinem Rucksack zog er ein Klarsichtmäppchen mit gegen hundert eng bedruckten Blättern. Forrer nahm es entgegen und überflog die Seiten.

»Die Namen sind alle geschwärzt«, erkannte er enttäuscht. »Wie bei der Bundespolizei.«

Ueli Wanner ergänzte: »Das sind nur Kopien, in den Originalen kann man den einen oder andern entschlüsseln. Und anhand der Sitzungsprotokolle wird man feststellen, wer beteiligt war. Arnold hat die Namen nur für unbefugte Einsicht abgedeckt, und nicht einmal vollständig. Es geht um den Bau des Lötschberg-Basistunnels. Alte Geschichten, die nichts mit Kurts Tod zu tun haben müssen.«

Nicole wandte ein: »Manchmal sind uralte Geschichten Auslöser für Verbrechen in der Gegenwart. Wir haben da unsere Erfahrungen. 10 bis 20 Jahre sind keine wirkliche Vergangenheit, vor allem wenn die Protagonisten noch leben.«

Wanner richtete sich wieder auf und sagte: »Wissen Sie, was uns noch teuer zu stehen kommen wird?«

»Sagen Sie es mir«, schlug Forrer vor.

»Wenn das Dorf erfährt, dass Kurt ermordet worden ist. Dann präsentieren Sie besser gleich den Täter!«

SAMSTAG, 23. MAI 2015

»Bei diesem schönen Wetter müsste man sich draußen ein wenig bewegen, statt hier in der Bar rumzusitzen«, sagte Heinrich Müller und nippte an seinem Glas Prosecco.

»Bei dieser Bise müsste man sich unter der Bettdecke verkriechen«, reklamierte Nicole Himmel und schüttelte ihre ungekämmten Haare aus dem Gesicht.

Der Detektiv fragte: »Hast du Depressionen?«

»Du etwa nicht?«, gab sie zurück. »Ich kann mich nicht erinnern, dass wir schon einmal einen derartigen Fall gehabt hätten. Toter könnte der Punkt nicht sein, an dem wir uns befinden.«

»Tot kann man nicht steigern«, reklamierte Heinrich.

»Gut, sagen wir es anders: Besonders viel Leben steckt nicht drin. Wir haben kein Bekennerschreiben, keine Fingerabdrücke, wir haben keine Verdächtigen, keine Lösegeldforderung, keinen Verkaufsversuch, wir haben keine einzige Spur. Nur Spekulationen.«

»Streng genommen«, ergänzte Müller, »haben wir nicht einmal einen Fall! Weder dein Museum noch die Police Bern haben uns einen Auftrag erteilt. Wir befassen uns ausschließlich deswegen mit der ganzen Sache, weil eine Eisleiche spektakulär ist und weil dir der Diebstahl im Alpinen Museum so nahe geht.«

»Nur das Legat Goldstern«, schränkte Nicole ein. Dann raffte sie sich auf und ließ beiden einen Kaffee aus der Maschine. »Ein letzter Anlauf. Wenn dabei nichts herausschaut, lassen wir die Sache liegen, bis sich weitere Entwicklungen abzeichnen.«

»Einverstanden.«

»Hier liegt ja dein Buch über den Schatten. Mal sehen, was du angestrichen hast.« Sie blätterte ein paar Seiten durch und sagte: »Da steht, die Evolution habe Räuber mit einem visuellen System ausgestattet, das hauptsächlich nach Schatten Ausschau hält.«

»Wir wären also Räuber?«, wollte der Detektiv wissen.

»Wer sonst?«

Nicole Himmel setzte ihr teuflisches Lächeln auf. Daran erkannte Heinrich, dass die Welt wieder in Ordnung war.

»Der Räuber hält eher nach dem Schatten Ausschau als nach der Beute?«, überlegte er.

»Bei schwachem Licht sind die Schatten wesentlich größer als ihr Ursprung.«

»Man muss dann gegenläufig denken. Idealerweise müsste man hinter der Lichtquelle sitzen, dann hockt die Beute in der Verlängerung zwischen Licht und Schatten.«

»Das ist kaum möglich«, gab Nicole zu bedenken.

»Aber wir könnten es ausprobieren. Wir kennen ja beides nicht, also versuchen wir es mit einem eigenen Licht und suchen erst einmal die Schatten. Dann arbeiten wir uns auf die Objekte zu, die die Schatten werfen.«

»Tönt wie eine komplizierte mathematische Gleichung. Von denen habe ich noch nie etwas verstanden.«

»Wir brauchen eine Karte der Schweiz«, sagte der Detektiv, »und eine von Europa. Darauf markieren wir mit Stecknadeln alle Punkte, die uns bisher bekannt sind und mit dem Fall zusammenhängen könnten.«

»Und mit einer Kerze willst du einen flackernden Schatten werfen?«

»Behelfen wir uns zunächst mit Bindfäden, bevor wir Linien zeichnen. Die sind beweglicher.«

Leichte Hektik kam im »Schwarzen Kater« auf, bis das Gewünschte auf dem Tisch lag.

»Auf der Schweizer Karte markieren wir Bern, Fribourg, Kandersteg, den Oeschinensee, Saas-Fee, das Lötschental, das Münstertal in Graubünden und ...«, Heinrich schaute auf den unteren Rand, »... Bessans sehen wir gerade nicht mehr.«

»Und jetzt?«

Müller starrte das vorläufige Ergebnis an.

»Das Münstertal und Bessans sind zu weit weg. Die meisten Punkte liegen auf einer gedachten Linie zwischen Bern und Saas Fee, mit einer geringen Häufung rund um den Lötschberg.«

»Ein kleiner Schatten fällt also auf die Grenzregion der Kantone Bern und Wallis?«

»In ihrem deutschsprachigen Teil«, sagte Müller. »Die gestohlenen Gegenstände für die kommende Ausstellung können wir nicht zuordnen?«

»Leider nein.«

»Wie sieht die Europakarte aus?«

Nicole antwortete: »Lemberg, Odessa, Wien, Bern, Fribourg und Bessans. Eine Ost-West-Linie. Da fällt mir etwas ein.«

Sie rannte die Treppe hinauf in ihre Wohnung und kam nach einigen Minuten mit einem Stapel Papier wieder zurück.

»Ich kann Krakau ergänzen«, sagte sie atemlos. »Eugénie Goldsterns erster Aufsatz aus dem Jahr 1912 heißt: ›Twardowski, der polnische Faust‹. Damals nannte sie sich noch Jenny.«

»Und was bedeutet das?«, fragte Heinrich.

»Eugénie hat sich in der ursprünglichen Heimat ihrer Familie umgesehen, als sie ihre ersten Forschungen betrieb, und sie ist auf Pan Twardowski aus Krakau gestoßen. Er gilt als ›polnischer Faust‹, hat Mitte des 16. Jahrhunderts gelebt und war außerordentlich gebildet, allerdings verbrachte er seine Zeit im Studierzimmer und versuchte vergeblich, zu unendlich großer Macht zu kommen.«

»Das ist der Zeitpunkt, an dem man an den lieben Teufel denkt«, sagte Heinrich Müller sarkastisch.

»Genau. Er schloss also einen Pakt und bekam, was er wollte. Natürlich geht die Geschichte schief, und nur die reumütige Anbetung der Schwarzen Madonna von Tschenstochau – oder polnisch Częstochowa – erlöst ihn vom Fluch. Seither lebt Twardowski auf dem Mond.«

»Hübsche Geschichte«, konstatierte der Detektiv.

»Den Mond müssen wir auf unserer Karte nicht berücksichtigen, hingegen Krakau.«

»Immerhin gibt es so etwas wie einen roten Faden durch die ethnologischen Forschungen von Frau Goldstern«, sagte Heinrich. »Sie beschäftigt sich offenbar gern mit Teufeln.«

»Sagen wir eher, sie beschäftigt sich mit Volksreligion. Da spielt der Teufel eine wesentlich wichtigere Rolle, als es der katholischen Kirche lieb ist.«

»Nehmen wir diese Spur auf«, begann der Detektiv, »um zu sehen, wo es hier Licht und Schatten gibt. Eugénie Goldstern wird also als chassidische Jüdin in Odessa geboren. Die Familie stammt aus durchaus strenggläubigem Gebiet, aber – wenn ich das richtig verstanden habe – die Goldsterns waren nicht besonders religiös.«

Nicole erklärte: »Das weiß man nicht so genau. Eugénie jedenfalls befasst sich erst in ihrem späteren Leben mit der jüdischen Familiengeschichte. Sie selber forscht ja in vornehmlich katholischen Gebieten, Polen, Savoyen, Wallis, später Tirol ...«

»Also überall, wo der Gegensatz zwischen Gott und Teufel, Gut und Böse, Weiß und Schwarz besonders groß ist.«

»Licht und Schatten hast du vergessen.«

»Genau. Da passt seltsamerweise auch Kurt Arnold mit seinem Doppelleben hinein.«

»Und im weitesten Sinne auch die gestohlenen Exponate für die Ausstellung ›Volksfrömmigkeit‹.«

»Religion spielt also eine Rolle«, stellte Heinrich fest.

»Ja und nein. Sie bekommt bei allem Bedeutung, was in der Vergangenheit liegt. Ob sie auch bei den heutigen Handlungen wichtig ist, bleibt offen. Übrigens habe ich andernorts gelesen, dass ein Jahrhundert nach Twardowskis Rettung König Jan II. Kazimierz – oder Johann II. Kasimir auf Deutsch – aus dem Exil nach Polen zurückkehrte. Sein erster Akt war es, in der Kathedrale von Lemberg eine ›Königin der polnischen Krone‹ auszurufen. Es war die Schwarze Madonna von Częstochowa. Er machte damit aus der südpolnischen Stadt das bedeutendste Pilgerzentrum des Landes, und die Schwarze Madonna wurde zum Vorbild für viele ähnliche hochverehrte Figuren der Mutter Gottes, zum Beispiel diejenige in der Klosterkirche von Einsiedeln.«

»Auch in der hinteren Kapelle beim freiburgischen Schwarzsee gibt es eine schwarze Muttergottesfigur«, ergänzte Heinrich.

Nicole schaute ihn leicht verstört an und fragte: »Bist du vom Atheismus abgefallen?«

Müller überhörte die Frage und erzählte: »In alten Walserhäusern gibt es ein ›Seelenpalgge‹ genanntes Loch oder

Fenster, ausgerichtet nach Osten, gegen Sonnenaufgang. Durch das konnte die Seele eines Verstorbenen aus dem Dunkel des Todes im Haus ans Licht treten und erlöst werden, dem Schattenreich entfliehen.«

»Du kennst bestimmt die Novelle von Adelbert von Chamisso: ›Peter Schlemihls wundersame Geschichte‹ aus dem Jahr 1814, wo der Protagonist dem Teufel seinen Schatten verkauft. Oder Igor Strawinskys Oper ›The Rake's Progress‹, wo die Hauptfigur einen Mann namens Nick Shadow zum Diener hat, der in Wirklichkeit der Teufel ist?«

Heinrich Müller nippte an seinem zweiten Glas Prosecco und schloss: »Für einen einzigen Samstagmorgen sind das genügend Zusammenhänge. Lassen wir bloß den Herrscher der Schattenwelt aus dem Spiel.«

SONNTAG, 24. MAI 2015

Der Tag ließ sich schön an, aber mit einem störrischen Nordwind. Auf den Höhen war der letzte Schnee bis auf weit über 2.000 Metern an der bereits kraftvollen Frühlingssonne geschmolzen. Zeit, die Alpen zu erkunden, zu sehen, ob alles in Ordnung war, keine Lawine allzu bedeutsamen Schaden angerichtet hatte, ob die Läden an den Hütten noch geschlossen waren oder ob ein Windstoß oder ein Berggeist seinen Schabernack getrieben hatte.

Es war auch schon vorgekommen, dass ein verirrter Wanderer, ein einsamer Schneetourengänger auf der hilflosen Suche nach Schutz vor der hereinbrechenden Nacht in eine der Hütten eingestiegen und dort oben erfroren war. Kein schöner Anblick im nächsten Frühling, da konnte man lüften, so lange man wollte, ein wenig des Geruchs blieb für immer in der Stube hängen.

Heute jedoch war alles anders. Die Einwohnergemeinde Ferden im Lötschental hatte alle Bürgerinnen und Bürger auf die Faldumalp eingeladen. Es sollte ein Orientierungsanlass mit anschließendem Gottesdienst in der beliebten Bergkapelle stattfinden, und das halbe Dorf war frühmorgens auf den Beinen. Denn jeder wollte der Erste sein, vor allem wegen der beschränkten Anzahl von Parkplätzen, und man durfte sich auf einen Umtrunk freuen.

Einige Wagemutige nahmen die knapp 700 Höhenmeter unter die Füße und hofften darauf, unterwegs auf keine liebesaktive Aspisviper zu treten. Gegen zehn Uhr standen mehrere Hundert Menschen auf der Faldumalp. Die

Sonne leuchtete in kräftigem Gelb, die Wiesen schwelgten im Frühlingsgrün und hofften auf die erste Blütenphase.

Hinter der Alp fiel der Blick in das u-förmige Tal des Faldumgrunds, rechts davon der Faldumgrat, im Hintergrund der mächtige Doppelzacken des Faldumrothorns mit seinen 2.832 Metern, links hinter den Alphütten erhob sich der Berg zum Stritun- und Niwungrat. Über steile Alpweiden fiel der Blick in der Falllinie hinunter nach Goppenstein, wo man gerade noch die Tunneleinfahrt Richtung Brig erkennen konnte. Vom Haupttal des Wallis drückte Restnebel herauf.

Die eigentliche Faldumalp bestand aus gut zwei Dutzend eng aneinandergeschmiegten Hütten, zwischen denen kaum Platz für einen Zugangsweg blieb, denn sie mussten sich gegenseitig vor Lawinen schützen. Die Häuser bestanden aus in der Sonne gedunkelten Holzlatten, quer übereinandergezimmert, die älteren Bauten waren noch mit grauen Steinplatten gedeckt. Die dem Tal zugewandten Fassaden besaßen kleine Fenster, manchmal nur vier, manchmal auch doppelt so viele. Sie waren die einzige Einfallsmöglichkeit für das Tageslicht, die restlichen Wände waren wetterseitig abgeschirmt gegen äußere Einflüsse.

Von der Seite sah das Dörfchen aus wie eine Schlange, die sich den Bergrücken hinabwand, den Kopf bildete die Kapelle »Maria zum Schnee«. Davor fand man noch ein paar Ställe, dann eine Wiese mit einem hoch aufgerichteten Kreuz vor dem Abhang. Das dunkle Holz des Gotteshauses, Arve oder Lärche, ließ auf ein hohes Alter schließen. Aber erst 1923 hatte Kaplan Supersaxo die kleine Kirche geweiht, die nun in dunklem Braun den Wetterstürmen trotzte. Über dem Schindeldach erhob sich ein Türmchen, ebenfalls von einem winzigen Schindeldach geschützt und gekrönt von einem eisernen Kreuz. Ein ebensolches Vordach schützte die Tür vor Regen. Vor der Kapelle mit dem wunderbaren Tonnengewölbe hielt eine hölzerne Umfriedung die Ziegen davon ab, sich an den Blumen in der Kirche gütlich zu tun oder gar das Altarbild mit der Grablegung Christi anzufressen.

»›Maria zum Schnee‹ ist ein romantischer Name für ein so schön gelegenes Bergkirchlein«, sagte einer der Anwesenden.

»Es hat nur leider nichts mit dieser Alp zu tun«, entgegnete einer, der ihm zugehört hatte. »Eigentlich ist es eine alte Legende aus Rom und bezieht sich auf eine Marienerscheinung am fünften August 358. Mitten im Sommer soll auf dem Esquilinhügel Schnee gefallen sein, als Zeichen dafür, dass ein Patrizierehepaar einen Sohn gezeugt habe. Das hat dann zum Bau der Basilika Santa Maria Maggiore geführt. Aber es passt zu so vielen Kapellen und Kirchen im Alpenraum, die sich dieses Namens bedient haben.«

Es stellte sich später heraus, dass es Pater Alois war, der so genau Bescheid wusste und der mit dieser Geschichte seine noch nicht ausgereifte Predigt aufpeppen würde.

Auf der Fläche vor dem Gotteshaus, das nicht alle Anwesenden beherbergen konnte, hatte man eine Großleinwand aufgestellt, auf der nun die Projektion der Pläne begann. Der üblicherweise grandiose Blick über das gesamte Lötschental wurde von der Leinwand blockiert.

Ein Raunen ging durch die Menge, als sich eine Frau Mitte 20 davor aufbaute. Sie trug einen weißen Hosenanzug mit schmalen schwarzen Karostreifen, einen eierschalenfarbenen Tropenhelm, unter dem lange braune Haare hervorwuchsen, und eine blau getönte Sonnenbrille, die sie jedes Mal aufsetzte, wenn sie in Richtung Lötschental schaute, und absetzte, wenn sie zum Publikum sprach. Ihre Füße steckten in orangefarbenen Sneakers mit Graffiti-Dekor, was nur die vordersten Reihen bewundern konnten, was aber später zum Dorfgespräch wurde.

»Mein Name ist Nesa Blantscho, und ich bin die Pressereferentin der Entwicklungsfirma ›Lötschenblick‹. Unser Firmenname verweist auf die Lötschenlücke, die das Tal abschließt und es gleichzeitig der Morgensonne im Osten öffnet, die auf unser Hotel fallen wird. ›Lötschenblick‹ verweist aber auch auf die jahrhundertealte Tradition Ihres Tales, die wir mit unserem Resort in die Moderne überführen.«

Niemand wusste genau, was sie damit meinte, aber Nesa Blantscho hatte ihre Worte mit Bedacht gewählt und fand die Anerkennung der meisten Zuhörenden. Dann nannte sie mehrere Namen, die niemand behalten konnte. Aber bis zu einer allfälligen Abstimmung über das Projekt blieb noch Zeit, dann würde man früh genug mit Plänen und Namen eingedeckt werden. Die Powerpoint-Präsentation begann, ein erstes Bild erschien auf der Leinwand, und man merkte nun, dass man sich die Alp sozusagen von der anderen Seite her, also verkehrtherum vorstellen musste, ein Blickwinkel, der manche der Anwesenden überforderte. Man hätte die Leinwand wohl besser unterhalb der Kapelle aufgestellt, aber von jener Seite schien die Sonne, und man hätte rein gar nichts gesehen.

Offenbar hatte man aus einem Hubschrauber vom Tal her gefilmt. Zuerst erkannten die Leute die Kapelle von der Rückseite, dann schwenkte die Kamera langsam tiefer. Nun wurde die Fluh sichtbar, die sich unter der Faldumalp ausbreitete. Langsam wuchs aus dem Lärchenwald heraus ein Gebäude. Stockwerk für Stockwerk wurde es im Zeitraffer aufgebaut, man konnte gar nicht so schnell gucken, wie sich das Gebäude entwickelte. Wie ein mächtiges, liegendes U drängte es sich an den Fels und dominierte bald den gesamten Berghang. Vier in der Sonne glitzernde Fensterreihen strahlten um die Wette. Die oberste Plattform hingegen war dem Hang zugeneigt, sodass rutschender Schnee ganz einfach über das Dach ins Tal poltern würde. Man konnte jedoch einen Teil des Daches zurückziehen, sodass eine Plattform frei wurde, auf der sich eine Reihe von Sonnenschirmen entfaltete.

»Unser Gastronomiebereich«, sagte die Pressereferentin stolz. »Natürlich dürfen ihn nicht nur die Gäste des Hotels nutzen, auch Einheimische sind hier willkommen, genauso wie in der einmaligen Wellnessanlage. Das sind unsere Baupläne, soweit es das Hotel betrifft.«

Aus der Mitte der Zuschauermenge ertönte zaghaftes Klatschen, das sich allmählich verstärkte, aber von einzelnen Buhrufen untermalt wurde.

»Wir sind gerne bereit, Fragen zu beantworten. Bedenken Sie bei allem, dass letztlich Sie als Stimmberechtigte das letzte Wort haben werden«, sagte Nesa Blantscho.

Nun meldete sich auch Gemeinderat Peter Eschiller zu Wort.

»Liebe Mitbürgerinnen und Mitbürger. Ich darf kurz Sigismund Furrer mit der ›Statistik von Wallis‹ aus dem Jahr 1852 zitieren: ›Lötschthal (früher Lechen- auch Liechthal), ein sechs Stunden langes, fruchtbares Nebenthal im nämlichen Drittel Gesteln, beim Eingang sehr eng; es gewinnt aber von seinen von Kirschbäumen umgebenen Dörfern und Kapellen eine angenehme und lebhafte Ansicht, und ist mit Wiesen und an günstigen Stellen mit Getreidepflanzungen hoch in die Gebirge hinaus bekleidet. Was das Thal noch mehr ziert, ist zu hinterst in demselben der 3 Stunden lange Gletscher, so daß es im Ganzen 9 Stunden Länge hat, wovon 3 Stunden eine wilde Enge, 3 Stunden eine bebaute Gegend, und 3 mit ewigem Eis bedeckt sind. Es hat vier größere und einige Nebendörfer; diese nennen sie Huben (Colonien, Pflanzstätten) und sind ebenso viele Gemeinden. Die Hauptdörfer sind: Ferden (Verdun), Kippel (Kapel), Viler und Blatten. Die noch bewohnten Nebendörfer aber: Ried, Wißried und Eysten. [...] Wer nicht Vieh hat, ist arm, weil die Einwohner nicht dem Verdienst nachgehen. [...] Das Thal wird von Fremden wenig besucht, außer wegen der Eisen- und Silberminen, welche früher schon einmal ausgebeutet, während des Ueberfalles der Franzosen unterbrochen, und nun seit 1846 wieder fortgesetzt werden.‹ Diese wenigen Sätze zeigen eindrücklich, wo wir stehen würden ohne den Beitrag des Tourismus zum Leben in unserem Tal.«

Schließlich betonte er die wirtschaftliche Bedeutung des Projekts. Etwas noch nie Dagewesenes würde das gesamte Lötschental wieder ins Gespräch und auf die Agenda des internationalen Luxustourismus bringen und somit das dringend benötigte Geld ins Tal und besonders in die Gemeindekasse von Ferden spülen.

»Das gesamte Projekt lässt sich auf Gemeindegebiet unterbringen, wir sind also nicht von der Gunst der oberen Talgemeinden abhängig«, fügte er an. »Und die Finanzierung erfolgt ausnahmslos durch die Firma ›Lötschenblick‹, für den Bau des Hotels wird kein öffentliches Geld benötigt.«

Diese Aussagen vermochten die Leute nicht zu beruhigen, denn Begriffe wie »Luxus«, »Wellness« und »viel Geld« waren mit der Wirklichkeit in dieser Bergregion, mit der

Erfahrung von Jahrhunderten des Alpbetriebs nicht in Einklang zu bringen. Auch wenn man zugeben musste, dass der reine Sömmerungsbetrieb in den letzten Jahren so unbedeutend geworden war, dass die meisten Hütten sowieso schon zu Ferienwohnungen ausgebaut worden waren.

»Schön und gut, was das Hotel betrifft«, meldete sich ein Dorfbewohner, »aber was ist mit der Zufahrtsstraße? Unser Alpweg wird den Verkehr kaum schlucken. Wer bezahlt das?«

Der Gemeinderat räusperte sich, denn er hatte diese Frage nicht bereits so früh erwartet. Dann erklärte er: »Der Bau von Infrastrukturanlagen ist natürlich Sache der Gemeinde, aber wir können auf Unterstützung des Kantons hoffen.«

Weiter mochte er auf das Thema nicht eingehen, das käme an der Gemeindeversammlung noch früh genug. Zu seinem sichtlichen Unwillen aber griff die Pressesprecherin vor und berichtete fröhlich, als ob sie der Gemeinde etwas Gutes tun wolle: »Wenn man ein solches Hotel mit einer Straße bedienen möchte, müsste natürlich die gesamte Zubringeranlage ins Tal ausgebaut werden. Wir wollen jedoch den eher abgeschiedenen Charakter der Alp bewahren, denn unsere Kundschaft sucht nicht den Lärm von Zubringerstraßen, sondern die Ruhe der Berge, etwas, das sie aus ihrem normalen Lebensalltag nicht mehr kennt.«

»Und wie kommen die hohen Gäste dann hier hinauf?«, meldete sich ein anderer. »Etwa zu Fuß?«

Er hatte die Lacher auf seiner Seite.

Die Kamera auf dem Bildschirm machte einen weiteren Schwenk hinunter nach Goppenstein. Unten im Tal entstand im Fels gegenüber der Bahnstation ein gigantisches Parkhaus, von dem von außen nur eine schmale Fassade sichtbar war. Im Innern des Berges gab es eine komplizierte Liftanlage, die die Autos nach hinten und in die Höhe hievte.

»Wir haben berücksichtigt, dass die Anfahrt sowohl mit dem Zug als auch mit dem Privatauto erfolgen kann. Die Gefährte bleiben jedoch im Tal, hier hinauf besteht ein Fahrverbot, von dem nur die Anrainer und Besitzer der Alphütten ausgenommen sind«, erklärte Nesa Blantscho.

»Und wie kommt man hinauf?«, fragte ein Frau, die in der traditionellen Tracht erschienen war, einer schwarzen, zugeknöpften Jacke mit Zierleiste und Samtmanschetten, und mit dem Kreshut, einem reich verzierten Strohhut mit Goldstickerei, der dem Modehut des 18. Jahrhunderts am Versailler Hof nachempfunden war.

»Die Projektleitung schwankt noch zwischen zwei Varianten«, erklärte die Vertreterin von »Lötschenblick«. »Es werden nach der Genehmigung des Projekts auch noch andere Fragen zu klären sein. Gewisse Planungsarbeiten können erst an die Hand genommen werden, wenn die erste Zustimmung erfolgt ist. Sonst setzen wir Millionen in den Sand, und das kann niemand wollen. Aber ich stelle Ihnen die beiden Projektideen vor.«

Das erste war – wenig überraschend – eine neue Seilbahn, die direkt vom Bahnhof Goppenstein auf die Faldumalp hinaus gezogen war. »Ob wir eine solche Seilbahn mit Großkabinen oder doch eher mit den flexibleren Kleingondeln betreiben würden, steht natürlich noch nicht fest. Das hängt auch von den Wünschen der Gemeinde ab«, erklärte sie.

Die zweite Variante bestand aus einer Standseilbahn, die durch einen Tunnel im Berg direkt in die Hotelanlage führte.

»Lassen Sie mich noch ein paar ergänzende Worte an Sie richten«, fuhr Frau Blantscho fort. »Es ist noch nicht entschieden, ob unser Resort ein Sommer- oder ein Ganzjahresbetrieb werden soll. Beide Varianten sind denkbar, insbesondere wenn auf dieser Höhe eine gewisse Schneesicherheit garantiert wäre. Außerdem«, sie wandte sich an ein paar Kinder, die staunend in der ersten Reihe standen, »planen wir eine Hängebrücke über den Faldumbach und eine zweite hinüber zur Restialp, damit die unwegsame Route für alle passierbar wird. Auf der Restialp gibt es dann einen Streichelzoo.«

»Wollen sie Schlangen knuddeln?«, fragte eine böse Stimme in die folgende Stille hinein.

Pater Alois bemühte sich, der Dame von »Lötschenblick« zu danken und seine Schäfchen zum Gottesdienst in die Kapelle zu bitten.

»Wir brauchen den Schutz von Maria für dieses aufwendige Projekt«, sagte er, und die Minderheit der Anwesenden, die sich noch ein wenig bis zum Apéro gedulden konnte, folgte ihm ins Gotteshaus. Der Platz war beengt, die Bänke knarrten unter dem ungewohnten Gewicht, die Holzdecke warf den kümmerlichen Gesang zurück, und als Pater Alois mit der Predigt beginnen wollte, trug der Wind aus einer der Alphütten ungestüme, koboldhafte Klavierkaskaden herunter, ein flüchtiger Sturm dunkler, drängender Töne, ein vollkommener Hauch mit einem dramatisch kurzen Finale, eine Fata Morgana unter dem Faldumrothorn.

»Chopins Sonate mit dem Trauermarsch«, flüsterte jemand in der Kapelle.

»Wer spielt denn an Pfingsten den Trauermarsch?«, fragte ein anderer.

Draußen wurde bereits ausgiebig gefeiert, als die letzten aus dem Gottesdienst ans Licht traten und zu einem Glas echtem Champagner griffen. Die Betreiberfirma wollte sich nicht lumpen lassen. Die leeren Flaschen stapelten sich bereits zu einem ansehnlichen Berg, und es dauerte nicht lange, bis auch die letzte Person bedient war. Das Gebäck enttäuschte die Erwartungen, sodass sich die Leute langsam auf den Abstieg oder die Rückfahrt vorbereiteten, denn der Sonntagsbraten, der hier und da im Ofen steckte, wollte nicht zu lang alleingelassen werden.

So leerte sich mit den Flaschen auch die Alp. Projektor und Leinwand waren bereits wieder abgebaut, »Lötschenblick« mit dem Gemeinderat verschwunden, und zurück blieben ein paar Hüttenbesitzer, die verständnislos den Haufen Abfall und die Essensreste besichtigten.

»Am Nachmittag kommt eine Räumungsequipe«, hatte einer versprochen, doch niemand mochte dies wirklich glauben. Aber nun war es zu spät, um aufzubegehren, man harrte der Dinge und zog sich in seine Hütte zurück.

Gegen Mittag standen nur noch zwei Männer vor »Maria zum Schnee«.

Einer der beiden scharrte mit seinen Halbschuhen im Kies, der andere starrte in die Bergluft. Keinem war wohl bei der Sache.

»Wollen wir uns das Ganze aus der Nähe ansehen?«, fragte Anton Zerbrigg.

»Schau's dir an«, sagte Moritz Brand. »Ich habe genug gesehen.«

Zerbrigg zuckte die Schultern, begab sich zu seinem Wagen und zog die Sneakers über die Füße.

Der andere hatte sich bereits verabschiedet und machte sich auf den Weg nach Ferden. Er hatte bereits den Faldumbach überquert, als Anton vor dem Kreuz über dem Abgrund stand. Scheinbar wollte er ein Gebet sprechen.

Man muss dafür aber nicht zwingend so nah am Abgrund stehen, dachte Brand, der nun wie ein Flüchtender wirkte. Schräg gegenüber dem Kreuz, in einer Distanz von wenigen Hundert Metern, blieb er kurz stehen und betrachtete die Felsfluh, die beinahe senkrecht über mehrere Dutzend Meter nach unten fiel. Dort sollte sich das Hotel an den Berg anlehnen. Von dort her hörte er einen Schrei, der sich im Talboden verlor. Dort sah er eine Silhouette im Gegenlicht über die Felswand stürzen. Ganz allein, ohne Einwirkung von Fremdpersonen.

Er schmunzelte. Er hatte nicht die Absicht, Anton Zerbrigg zu Hilfe zu eilen. Sie waren zwar lange Zeit gute Kumpel gewesen. Aber ein Abend vor mehreren Jahren stand immer noch glasklar vor seinem inneren Auge. Sie hatten über Gebühr gebechert und einander Geschichten aus ihrem Leben erzählt. Wie er bereits befürchtet hatte, hatte Anton wieder Liebesgeschichten und Seitensprünge aufgetischt, von denen man nicht wusste, ob sie erlebt oder erfunden waren. Beinahe jede Frau würde es mit ihm treiben, hatte er geprahlt, was man aber nicht für bare Münze nahm. Was Zerbrigg anschließend aus der Geschichte seiner Familie erzählte, ließ Brand hingegen aufhorchen. Er kannte zwar Erzählungen, die weit in die Vergangenheit zurückreichten, aber diesmal merkte er, dass es Ereignisse gab, die man nicht wieder aufwühlen durfte. Und als Zerbrigg von seinem Ausflug an den Oeschinensee berichtete, vom Eisfischen und von Schneemobilfahrten, da wusste er, dass er reagieren musste.

Als Moritz Brand nach eineinhalb Stunden im Tal ankam, hatte man Anton Zerbrigg bereits geborgen. Ein Helikopter war angefordert worden, die Schreie waren offenbar weit herum zu hören gewesen. Auch hatte man ihn noch zusammen mit Anton gesehen, und so wollte man von ihm wissen, ob er den tödlichen Sturz beobachtet habe.

Er verneinte, gab zu bedenken, dass der Weg durch den Wald führe und das Rauschen des Faldumbaches wohl den Schrei überdeckt hätte. Ohne Gefahr für sich konnte er erklären, Anton habe oben noch mit einer Frau reden wollen, deswegen habe er ihn frühzeitig verlassen. Der Ruf des Abgestürzten machte diese Version glaubwürdig, allerdings erklärte er nicht, weshalb Zerbrigg sich an der Absturzkante beim Kreuz so weit vorgewagt hatte.

Peter Eschiller, der sich noch nicht vom Apéro erholt hatte, befragte Moritz Brand.

Der erklärte: »Anton Zerbrigg wollte ein Gebet für das Scheitern des Projekts ›Lötschenblick‹ sprechen, und zwar dort, wo das Hotel zu stehen kommen soll. Er bat mich, ihn allein zu lassen.«

»Warum nicht wie alle andern in der Kapelle ›Maria zum Schnee‹?«

»Anton war schon immer ein Traditionalist, ein Bewahrer, wie er behauptete, einer, der am liebsten alle neueren Bauten wieder abgerissen hätte. Wenn du mich fragst, ein unverbesserlicher Romantiker, der sich im wirklichen Leben selten an seine Theorien hielt. Er wollte die Fürsprache Gottes beim Kreuz über der Fluh erhalten, weil die Kapelle erst 1923 gebaut worden ist. ›Die Massen besuchen die Touristenandachtsorte, ich halte mich ans Ursprüngliche‹, hat er gesagt. Das war für ihn – und für mich – Begründung genug.«

Schließlich erkundigte sich Moritz, was denn genau geschehen sei.

Anton sei wohl in eine Scherbe von einer der Champagnerflaschen getreten, jedenfalls habe man eine in der

Schuhsohle gefunden. Die müsse ins Schuhbett eingedrungen sein, jedenfalls sei Anton danach auf dem noch etwas feuchten Gras ausgerutscht, möglicherweise auch, weil ihm der Schmerz in die Knochen gefahren sei. So habe er das Gleichgewicht verloren und sei in die Tiefe gestürzt.

»Ein böses Omen für das Hotelprojekt«, bemerkte einer der Dorfbewohner, die um den zum Abtransport bereiten Leichnam herumstanden. Ob Moritz die Aufgabe übernehmen würde, Zerbriggs Familie in Blatten zu benachrichtigen, denn der Tote müsse zuerst nach Sitten in die Rechtsmedizin.

Er willigte ein.

Natürlich wusste niemand, dass Anton die Angewohnheit hatte, seine Sneakers erst anzuziehen, wenn er einen Fußmarsch begann. Sonst hätte er den Splitter, den Moritz ihm in die Sohle hineingeschoben hatte, bereits früher bemerkt. Brand vermutete, dass das Glas nach dem sechsten oder siebten Schritt durch das Eigengewicht des Mannes in den Fuß gedrückt worden war. Mal sehen, ob die Polizei zu denselben Ergebnissen kam.

Eine Flasche Champagner konnte eben doch für mehr Überraschungen gut sein, als man nach dem ersten Schluck vermuten würde.

MONTAG, 25. MAI 2015

Pfingsten ist dieses Jahr aber früh, dachte Hans Jennitz, während seine Kollegin Innelor Hosenden unkonzentriert an ihrem Jupe zupfte. Man hatte die beiden Kantonspolizisten vom Gendarmerieposten Visp nach Sitten gebeten. Nun saßen sie vor der Pathologie und warteten, bis die Leichenschau zu Ende war. Neben ihnen hatten sich Anne Willis und Simon Zerzuben von der Kriminalpolizei auf zwei weitere Stühle gesetzt.

Jeder hing seinen Gedanken nach.

Sie alle trugen das kobaltblaue Uniformhemd mit der schwarzblauen Schulterpartie und der gelben Aufschrift »Police« auf der Rückenpartie.

Zerzuben wandte sich unvermittelt an die andern: »Die Weißweingläser sind jetzt ausverkauft.« Er zwinkerte mit dem linken Auge.

Seine Kollegen waren irritiert.

Er erklärte: »Ich habe gerade im Online-Shop der Kantonspolizei nachgeschaut.«

»Da war ich noch nie«, sagte Innelor und zückte ihr Handy. »Was kann man denn kaufen?«

»Alles mit unserem Signet«, erklärte Simon. »Hauptsächlich Weingläser. Aber es gibt auch ein Sackmesser, einen Kugelschreiber, einen Wecker und eine Medaille.«

Innelor lachte und las vor: »Allfällige Mängel müssen dem Büro Information und Prävention innerhalb sieben Tagen nach dem Empfang der Ware gemeldet werden.«

»Das Büro Information und Prävention verkauft Weingläser?«, staunte Anne Willis.

»Ja«, sagte die Hosenden, »noch kannst du sechs Rotweingläser in einer Holzkiste für 50 Franken einkaufen.«

Willis schüttelte den Kopf und fragte: »Kaufen *wir* solche Sachen, oder gibt es so viele Fans der Walliser Kantonspolizei?«

»Hauptsache, das Kantonswappen ist drauf«, mümmelte Hans Jennitz.

»Ihr habt es lustig?«, fragte der Rechtsmediziner, der eben aus der Tür getreten war. Es war ihm anzusehen, dass er dieses Gefühl nicht teilte. »Dann kommt mal rein. Spaß vom Feinsten.«

»Ich mag keine Leichen«, flüsterte Jennitz.

»Wo ist eigentlich der Chef?«, wollte der Arzt wissen.

»Auf Urlaub. Nicht zu erreichen«, erklärte Zerzuben. »Ich bin sein Stellvertreter.«

Begeisterung sieht anders aus.

Der Mediziner bat alle an den Seziertisch, auf dem Anton Zerbrigg lag.

»Ist niemand von der Familie dabei?«, fragte er. »Wir brauchen noch eine Identifizierung.«

»Die kommt, sobald die Leiche freigegeben ist«, meinte die Hosenden. »Wir kennen den Mann. Es ist Zerbrigg.«

»Darauf kann ich nicht abstellen, auch wenn ich es euch glaube«, erwiderte der Rechtsmediziner.

Jennitz hatte wie in der Schule die Hand erhoben.

»Ja, bitte?«, fragte der Arzt.

»Wir kennen den Toten. Wir wissen, dass er über die Fluh gestürzt ist. Weshalb braucht es eine Obduktion, wenn die Todesursache klar ist?«

»Bei jedem unnatürlichen Todesfall muss per Gesetz eine Leichenschau durchgeführt werden«, dozierte der Arzt, dankbar dafür, sein Wissen ausbreiten zu dürfen. »Wir sehen zwar, was ihr bereits festgestellt habt: dass eine Scherbe von einer Champagnerflasche die Sohle seiner Sneakers durchdrungen hat. Wir können also davon ausgehen, dass der entscheidende Tritt auf das Glas den Mann aus dem Gleichgewicht gebracht hat und er deswegen gestürzt ist. Aber wir wissen nicht, ob er sich die Scherbe in den Schuh getreten hat oder ob jemand sie dort platziert hat und wann dies geschehen ist, auf der Faldumalp oder bereits früher einmal.«

Er atmete kurz durch.

»Bei der Obduktion wollen wir außerdem feststellen, ob der Tote irgendwelche körperlichen Probleme hatte, die mit zum Tod geführt haben könnten. Nehmen wir mal an, er hatte vor lauter Aufregung kurz vor dem Kreuz einen Herzinfarkt oder einen Schlaganfall, ist deshalb in sich zusammengesackt und abgestürzt. Dann hätte die Scherbe in einem Gerichtsverfahren keine Bedeutung mehr. Also selbst wenn ihn jemand hätte umbringen wollen, wäre dies dann nach einem natürlichen Tod geschehen.«

»Und? Ist er eines natürlichen Todes gestorben?«, fragte die Willis trocken, denn sie kannte die Redseligkeit des Rechtsmediziners.

»Nein.«

»Die Todesursache ist also Ausrutschen aufgrund einer Glasscherbe in einer Schuhsohle.«

»Ziemlich sicher.«

»Wieso nur ›ziemlich‹?«

»Er könnte auch einfach so ausgerutscht sein«, gab der Arzt kleinlaut zu. »Aber ich wage mich ein bisschen weit hinaus und sage dennoch: Zu 98 Prozent war es die Glasscherbe, die ihn, nachdem er auf sie getreten ist, aus dem

Gleichgewicht gebracht und die somit den Sturz begünstigt hat.«

»Und wie finden wir heraus, ob sie zufällig oder absichtlich in der Sohle steckte?«, wollte der Polizist aus Visp wissen.

»Leider gar nicht«, erklärte der Arzt. »Es gibt keine Fingerabdrücke auf dem Glassplitter.«

»Es wäre also ein perfekter Mord.«

»Nahe dran«, sagte der Rechtsmediziner, »nahe dran. Der Täter könnte sich allenfalls am Glas geschnitten haben, dann fänden wir DNA.«

»Aber nicht in diesem Fall.«

»Zum Glück nicht. Stellen Sie sich die Begeisterung vor, wenn wir das halbe Tal zur Spurensicherung bestellen würden …«

Innelor sagte: »Ich glaube, die würden eine Talsperre bauen, um niemanden mehr hereinzulassen.«

»Die Berge …«, seufzte der Rechtsmediziner. »Wie ich die Berge hasse …«

Die vier Polizisten staunten.

»Nur aus professioneller Sicht«, beeilte er sich um Erklärung, »nicht als Privatmann. Wie schwierig, ja beinahe aussichtslos ist es, den Beweis einer absichtlichen Tötung zu erbringen. Ich rede nicht von Mord. Aber wenn eine Frau und ein Mann sich Jahrzehnte auseinandergelebt, sich nichts mehr zu sagen haben, und die einzige Gemeinsamkeit ist die wöchentliche Bergtour … Dann stehst du auf dem schmalen Felsband, ein geringes Schubsen nur …«

Die Vorstellung trug ihn weg.

»Wie soll ich die Absicht jemals beweisen können, wenn die trauernde Witwe vor mir steht und in Tränen ausbricht angesichts des zerschmetterten Ehemanns? Vielleicht ist die

Reue spät, aber echt? Man kann allenfalls an der Verbissenheit, mit der sie das Erbe in Anspruch nimmt, erkennen, ob es Hass oder Liebe war.«

Innelor spann den Faden weiter: »Es gibt noch eine Steigerung. Der Mann lässt seine Frau vorangehen und filmt sie beim Durchqueren der Geröllhalde, weil er so stolz ist, dass sie ihre Anfälligkeit für Schwindel überwunden hat. Dann musst du nur noch so tun, als ob Gefahr bestünde. Du rufst laut ›Achtung!‹, die Frau dreht sich verängstigt um, rutscht aus … Und du hast sogar noch den Beweis deiner Unschuld!«

»Aber nur«, gab der Rechtsmediziner zu bedenken, wenn du den Film ohne Ton aufgenommen hast.«

Innelor Hosenden und Hans Jennitz fuhren mit dem Wagen noch vor dem Mittag zurück nach Visp. Der Polizist beendete sein Handy-Gespräch und kratzte sich am Dreitagebart. Er musste sich unbedingt wieder einmal rasieren, wenn er mit der glutäugigen Polizistin unterwegs war. Auch sein T-Shirt roch eher streng.

»Warum hast du den Kollegen in Sitten nichts gesagt?«, wunderte sich Innelor.

»Die wissen sowieso immer alles besser«, erklärte Hans. »Aber sie kennen das Lötschental nicht und nicht die Menschen, die dort leben.«

»Deswegen hast du einen Berner angefordert?«, wunderte sie sich.

»Ich weiß, es ist gegen die Regeln. Aber mit Markus Forrer habe ich in der Polizeischule gesessen, wir treffen uns manchmal auf halbem Weg in Spiez oder Thun zu einem Umtrunk. Er ist auch ein Subalterner und steht nicht unter Druck wie die Chefs. Er kann sich also auch einen Umweg leisten, um in einer Ermittlung zu einem guten Ergebnis zu kommen. Außerdem kennst du ja die Mentalitätsunterschiede zwischen dem Unter- und dem Oberwallis. Es ist nicht nur das Französische, das das Verhältnis belastet.«

»Vielleicht war es doch eine gute Idee«, sagte Innelor, als sie beim Gendarmerieposten in Visp angelangt waren. »Erinnerst du dich an den seltsamen Todesfall des Politikers aus Kandersteg, der im Oeschinensee gefunden worden ist? Der Fahndungsaufruf hängt, glaube ich, noch aus.«

»Meinst du, der hat etwas mit Zerbrigg zu tun?«

»Keine Ahnung«, sagte die Hosenden, »aber falls es irgendwelche Hinweise darauf gibt, wäre es doch hilfreich, mit jemandem zusammenzuarbeiten, der bereits Bescheid weiß.«

»Wir holen Markus in einer halben Stunde am Bahnhof ab und fahren ins Lötschental.«

So geschah es denn auch.

Sie nahmen die Schnellstraße von Visp nach Gampel und erklommen über mehrere steile Spitzkehren die Rampe nach Mittal, bevor es mehr oder weniger geradeaus weiterging nach Goppenstein, wo sich der Autoverlad durch den Lötschbergtunnel ins Berner Oberland befand.

»Goppenstein ist das Einfallstor ins Lötschental«, erklärte Jennitz. »Der Weiler gehört bereits zur Gemeinde Ferden, zu deren Gebiet auch die Kummen-, Resti- und Faldumalp zählen.«

»Also eine große Gemeinde«, schloss Forrer.

»Eher hoch hinaus, würde ich sagen«, meinte Hans. »Am Anfang des Tals besteht eine schluchtähnliche Enge, hinter der sich der Stausee der Lonza ausbreitet. Dann kommt das Dorf, und das ist auch schon fast das Ende. Dahinter teilt sich das Lötschental in die Gemeinden Kippel, Wiler und

Blatten auf, letzteres die flächenmäßig größte mit vielen Alpen in hinteren Teil des Tales vor dem Anun- oder Langgletscher, dem die Lonza auf etwa 2.030 Metern Höhe entspringt. Die meisten Bewohner leben in Wiler, es sind um die 538 Personen. In Ferden dagegen wohnen nur 342 Menschen. Aber weil Goppenstein zur Gemeinde gehört, ist es natürlich verkehrstechnisch am bedeutendsten. Früher hat man in den Bergen rundherum auch Blei- und Zinkbergwerke betrieben.«

»341«, sagte Innelor zum Steuerrad.

»Was?«, hakte Jennitz nach.

»Einer weniger«, meinte die Polizistin.

»Nein«, erklärte Hans. »Die Zerbrigg stammen aus Blatten.«

»Was hatte Anton Zerbrigg dann auf der Faldumalp zu suchen?«

»Das wird noch herauszufinden sein«, meinte der Gendarm.

»Ich hätte da so eine Idee …«, schloss Forrer.

So kam es, dass in der *Detektei Müller & Himmel* eifrig Koffer gepackt wurden für einen mehrtägigen Aufenthalt im frühlingshaften Lötschental, während Mathilda sich bereits schmollend in die Dusche verzogen hatte.

MITTWOCH, 27. MAI 2015

Markus Forrer war am Dienstag noch einmal von Visp nach Bern gereist, um sich mit dem Nötigsten einzudecken. Die Fahrt dauerte ja nur eine knappe Stunde. Forrer hatte sich vom Lötschberg-Basistunnel eine neue Erfahrung erhofft. Tief unter dem Berg, bei 200 Stundenkilometern musste sich irgendetwas bemerkbar machen. Mit Dauer der Fahrt wuchs aber nur die Beklemmung. Es war einfach dunkel in der Röhre, nicht einmal ein Positionslicht. Bei einer Panne hätte man die Hand nicht vor den Augen gesehen, kein Licht am Ende des Tunnels. Erlebnisfrei.

Der Polizist dachte mit Sehnsucht an den Autoverlad durch den alten Lötschbergtunnel. Dort saß man in offenen Stahlwaggons in seinem Wagen, hörte den Lärm der Luftverdrängung, das Schlagen gegen den Fels, man roch den Ruß, den Rost und den Staub, wenn man das Fenster öffnete, man spürte die zunehmende Wärme im Innern des Berges.

Als sich Forrer frühmorgens mit Nicole und Heinrich erneut auf den Weg in die Berge machte, erlebten sie dieses Gefühl ansatzweise wieder, wenn sie auch im Passagierwaggon geschützter waren. Zu dritt waren sie unterwegs mit der »Lötschbergerin«, wie die Lokomotive angeschrieben war. Sie fuhr sie über Thun und Spiez und beim Blausee vorbei die Tunnelkehren hinauf nach Kandersteg – also im Wesentlichen denselben Weg, den sie bereits im Auto zurückgelegt hatten, um sich den Oeschinensee anzusehen – und weiter durch den Berg nach Goppenstein, von wo das Postauto nach wenigen Minuten ins Lötschental hinein weiterfuhr. Sie stiegen in Kippel aus und bezogen Zimmer im Hotel »Bietschhorn«.

Kippel galt als Zentrumsgemeinde des Tals, hier stand die älteste Kirche, hier hatte man das Lötschentaler Museum eingerichtet. Einzig die Schule hatte man nach Wiler verlegt. 1960 wurde die Sesselbahn hinauf nach Haispil und daran anschließend der Skilift auf die Kippel zugehörige Hockenalp gebaut. Beide wurden nach einem Lawinenniedergang abgebrochen. Seither fehlte auch die Ganzjahresverbindung hinauf in die Berge. 1972 hatte in Wiler die Luftseilbahn auf die Lauchernalp ihren Dienst aufgenommen, seither hatte man jene Alp durch einen wildwuchernden Ferienwohnungsbau verunstaltet.

Die drei waren deswegen so früh am Morgen in Bern gestartet, damit sie sich auf dem Höhenweg ein Bild des gesamten Lötschentals machen konnten. Außerdem lernte man Menschen, mit denen man zusammenarbeiten musste, auf einer gemeinsamen Wanderung am besten kennen. Innelor Hosenden und Hans Jennitz erwarteten sie bereits. Sie zogen gleich los, nachdem das Gepäck deponiert war.

»Hans fährt uns auf die Fafleralp und holt uns am späten Nachmittag auf der Faldumalp wieder ab, denn das Postauto bedient im Frühling die Talschaft nur bis Blatten, und die Seilbahn ist erst vom sechsten Juni an wieder für die Sommersaison in Betrieb«, erklärte Innelor. »Ich begleite euch. Hier fasst jeder ein Fresspaket und deckt sich mit genügend Getränken ein. Es gibt unterwegs auch noch keine bewirteten Alphütten.«

»Falls ihr unterwegs schlappmacht, könnt ihr mich übers Handy benachrichtigen. Es gibt einen Fahrweg auf jede

Alp«, mahnte Hans. »Und passt auf die Vipern auf. Sie sind vielleicht noch beim Liebesspiel und bei den Revierkämpfen und könnten sich von Wanderern gestört fühlen.«

»Ich habe gedacht, wir seien hoch genug, um ihnen auszuweichen?«, sagte Nicole.

»Ach was, die Aspisvipern finden sich auf bis über 2.500 Metern Höhe.«

Über Wiler und Blatten fuhren sie das langgestreckte Tal hinauf. Ganz zuhinterst, wo die Fahrstraße auf der Fafleralp endete und es nur noch zu Fuß weiter nach hinten zum Langgletscher ging, entließ Jennitz die andern. Sie aber nahmen den Höhenweg Richtung Lauchernalp, die Sonne im Rücken.

Ob es nun an der Angst vor den Schlangen lag, an den unablässigen Gesprächen oder aber einfach an dem wunderbaren Bergweg mit seiner prachtvollen Aussicht auf die umliegenden Dreitausender und das Bietschhorn im Süden, einen beinahe Viertausender, jedenfalls kamen sie weniger schnell voran als geplant. Unter Felsabbrüchen hindurch und durch Lärchenwälder wanderten sie am idyllischen Schwarzsee vorbei zur Tellialp, die sich oberhalb von Blatten an den Hang lagerte.

Danach stieg der Weg für eine kurze Strecke steil an, bis sich die vier auf einer etwas flacheren Höhenstufe befanden, deren Alpen alle auf ungefähr 2.000 Metern und auf der Sonnenseite im strahlenden Licht lagen. Hier hatte man schon vor Jahrhunderten die Vegetation zurückgedrängt, hier würden Kühe, Ziegen und Schafe im Sommer reichlich Futter finden, hier blühten bereits die ersten Frühlingskräuter, und die Glöcklein der Soldanellen kündigten das Blütenmeer an, das einen im Sommer beglückte. Nicole wanderte zum ersten Mal durch die Gegend, sie kam aus dem Staunen nicht heraus, aber auch Heinrich und Markus kannten vor allem die Touristendestination Lauchernalp und befanden sich im Entdeckermodus. Selbst Innelor genoss die Aussicht immer wieder aufs Neue.

»Feldforschung«, sagte sie. »So lasse ich mir bezahlte Arbeit gefallen. Von mir aus könnten sie öfter jemanden umbringen hier oben.«

»Hat man denn jemanden umgebracht?«, fragte Forrer.

Sie diskutierten den Fall Anton Zerbrigg und das bisher Bekannte, bis sie bei der Weritzalp anlangten, und kurz vor der Lauchernalp mussten sie nach fast drei Stunden Wanderung den ersten groben Hunger bekämpfen. Der Blick hinunter zur Seilbahnstation und auf die ungeordnete Gruppe von Ferienhäusern verhieß nichts Gutes.

»Nun wollen sie also die Faldumalp auch noch zerstören«, sagte Forrer. »Hätte man das Projekt, das ihr mir am Montag präsentiert habt, nicht auf der Lauchernalp durchziehen können? Da ist ja schon alles kaputt.«

Innelor seufzte.

»Was ich euch jetzt sage, bleibt unter uns. Wenn die Leute im Lötschental herausfinden, dass ich mich als Auswärtige – und glaubt mir, dafür reicht es, dass ich aus Visp komme – negativ äußere, kann ich mich als Polizistin hier nicht mehr blicken lassen.«

»Du bist mit ›Üsserschwiizern‹* zusammen«, Müller lachte, »da kann eigentlich nichts passieren.«

»Die Probleme sind dieselben wie in allen Tourismusgebieten«, begann die Visperin. »Die An- und Rückfahrt über Goppenstein ist zwar gut organisiert, aber doch auch

* »Außerschweizer«, so nennt man jeden, der nicht aus dem deutschsprachigen Wallis stammt.

umständlich und zeitraubend, besonders für den Tagestourismus im öffentlichen Verkehr. Andererseits gibt es nicht allzu viele attraktive Unterkünfte. Die Hotels im Tal sind zwar in Ordnung, aber nicht mehr alle genügen modernen Standards. Am Wochenende gibt es lange Wartelisten, wochentags stehen die Gastbetriebe leer. Und auf den Alpen stehen vor allem Ferienhäuser in Privatbesitz, die nur sporadisch belegt sind. Die Lauchernalp hat wenigstens noch eine gewisse Infrastruktur, die anderen Alpen nur geschlossene Türen. Für Menschen von heute Langeweile pur.«

»Auf der Faldumalp aber«, warf Forrer ein, »gibt es nicht einmal eine bediente Alphütte, wenn ich mich richtig erinnere.«

»Stimmt. Man könnte auf den Alternativtourismus setzen, aber der bringt zu wenig ein. Und die Lauchernalp ist für die Zielgruppe, auf die ›Lötschenblick‹ setzt, zu gewöhnlich, zu viel Massentourismus, zu wenig Exklusivität.«

»Wir werden sehen …«, brummte Nicole.

Sie marschierten weiter. Die Hockenalp oberhalb Kippel ließ sich gut an, viel ursprüngliche Bausubstanz, ein kleines, in sich geschlossenes Dorf mit Kapelle. Pfeifende Murmeltiere warnten vor den unbekannten Ankömmlingen. Aber sonst blieb alles ungewohnt ruhig. Der weitere Weg zog sich in die Länge, bis man die Kummenalp erreicht hatte. Wenigstens war der Pfad anspruchsvoll und schön, was man von der Fahrstraße, der man bis zur Restialp folgen musste, nicht sagen konnte. Der Fleck Alphütten stand sehr kompakt am Hang über dem Dornbach.

»Hier soll es einen Streichelzoo geben, habe ich gehört.« Innelor lachte. »Und über das Tal zur Felsnase dort drüben eine Hängebrücke, der eine zweite bis zur Faldumalp folgen wird.«

Nicole ereiferte sich. »Das nennt man Alpverschandelung.«

»Das stimmt. Andererseits gibt es immer weniger Bauern, die die Weiden pflegen und das Vieh sömmern. Die Idee an sich ist spektakulär, aber welcher superreiche Weltbürger schleppt sich schon über Hängebrücken zu ein paar Streichelgeißen?«

Innelors Frage blieb unbeantwortet. Nach einer weiteren Stärkung, aber mit bereits müden Beinen machten sich die vier auf den schmalen Bergweg, der dem Hang in eine steil abfallende Geröllhalde hinein folgte und einen wundervollen Anblick bot. Über grobes Gestein stakste man durch einen Bach, suchte auf den wie von Riesen hingeworfenen steinernen Matten balancierend den Weg, schließlich stieg man in den Wald hinab, bevor ein atemberaubendes Felsband unter der Fluh und hoch über dem Talboden ins Leere zu führen schien, ein wenig entschärft nur durch den dichten Bewuchs unterhalb des Wegs.

»Nur für Schwindelfreie«, sagte Heinrich zu niemand Besonderem.

»Langsam verstehe ich den Plan mit der Hängebrücke«, fügte Nicole an, nachdem sie auf einer schiefen Platte ausgerutscht und zu Fall gekommen war.

»Nichts passiert?«, fragte Markus besorgt. »Es ist kein Helikopterlandeplatz in der Nähe.«

»Nichts passiert«, bestätigte Nicole. Einzig die Hand, mit der sie sich abgestützt hatte, schmerzte ein wenig.

Der Weg blieb atemberaubend, auch wenn sie die gefährlichste Stelle hinter sich gelassen hatten. Von Ferne öffnete sich der Blick über das Tobel des Faldumbachs hinüber zur gleichnamigen Alp, auf die Kirche zuvorderst und die an den Berg geduckten Hütten, die den Eindruck erweckten, als ob eine Schar von Zwergen aus ihren Bergwerken herunterstieg und Schneewittchen folgte, das sich nach ihnen umschaute und der Gefahr des drohenden Sturzes über die Felsen nicht gewahr wurde. Die Zwerge begannen als Haufen zu rennen, um das Mädchen zu retten.

»Ich glaube, ich habe einen Sonnenstich«, flüsterte Nicole.

Sie stiegen hinunter zum Faldumbach und über eine steile Rampe hinauf zur Kapelle »Maria zum Schnee«, wo Hans Jennitz sie bereits erwartete.

»Ihr glaubt nicht, was ich im Schatten des Kirchleins gefunden habe …«

Er hielt eine Flasche Champagner in der Hand und schenkte in fünf Weißweingläser mit dem Signet der Walliser Kantonspolizei ein, die er aus einer Holzkiste zauberte.

»Ich habe die letzten Exemplare noch gekriegt.«

Er zwinkerte Innelor zu.

DONNERSTAG, 28. MAI 2015

Auf fast 1.400 Metern war der Morgen noch frisch, als sie zu dritt aus dem Hotel traten, um einen Rundgang durch die Ortschaft Kippel zu machen. In den engen Gassen des Dorfkerns wehrten sich die sonnenverbrannten Fassaden der mehrstöckigen uralten Blockbauten gegen den Einzug der Moderne, der das heutige Leben erst ermöglichte. Auf der Südseite öffneten sich ganze Reihen von kleinformatigen Fenstern dem Licht, für Balkone hingegen fehlte der Platz. Die alten Schindel- und Steinplattendächer waren größtenteils durch Eternitplatten ersetzt worden, einige Simse mit Geranien geschmückt, manchmal hing eine Bettdecke zum Trocknen aus dem offenen Fenster.

Der Unterbau der Häuser bestand aus geschichteten Steinen, darüber sah man zwei bis drei aufgebockte Geschosse aus schwerem, nachgedunkeltem Lärchenholz. Einzelne Balken hatte man vor allem unter- und oberhalb der Fenster mit mäandrierendem Zimmermannswerk verziert, mit Kerbschnitten und Sprüchen in gotischer Schrift.

Einzelne altertümliche Speicher faszinierten die Touristen. Grob behauenes Holz, fensterlose Wände, eine schmale überdachte Laube für Gerätschaften. Der ganze Speicher stand auf Holzpfosten, zwischen den Pfosten und dem Boden versuchte man mit runden Gneisplatten von beinahe einem Meter Durchmesser den Nagern und anderen Schädlingen den Zugang zu verwehren. In dem so belüfteten Raum waren die Lebensmittel trocken geblieben, vor allem Fleisch und Käse für den entbehrungsreichen Winter. Faszinierende, windschiefe Zeugen vergangener Zeiten.

Die Kirche warf schwere Schlagschatten auf die schmalen Pfade zwischen den Gebäuden. Die Wärme des Frühlingstages hatte die gepflasterte Gasse noch nicht erreicht, aber bereits staute der Geruch von trockenem Holz in der Luft. Die für die bescheidene Bevölkerungszahl großzügig bemessene Pfarrkirche St. Martin wirkte eher plump, dominierte aber das Dorfbild, sobald man etwas Abstand nahm. Die ältesten Zeugnisse, die man auf dem »Martibiel« gefunden hatte, gingen bis 1233 zurück, der heutige Bau stammte aus dem Jahr 1742, war aber mehrfach renoviert worden. Man hatte es ihnen im »Bietschhorn« erklärt, bevor sie sich auf den Weg gemacht hatten.

Heinrich, Nicole und Markus traten unter den Gewölbebogen zum Hauptportal und ins Innere der Kirche. Kahle, weiß getünchte Wände lenkten den Blick auf den reich verzierten Barockalter von Meister Johann Maria Albasino aus Fermo, der die ganze Höhe des Raums einnahm. Spiralförmige Säulen in Blau und Gold begrenzten den dreiteiligen Altar, links und rechts Figuren von Heiligen vor dunklem Blau, im dreistöckigen Zentrum gemalt zuoberst Gott, in der erhöhten Mitte Jesus und unten als größtes Gemälde das des heiligen Martin in der bekannten Szene, wie er für einen Bedürftigen seine Mantel mit dem Schwert zerteilt.

Der Kirche gegenüber machte ein Warnschild auf eine »Kampfkatze« aufmerksam, die durch ein schmales Loch in der hölzernen Hauswand ihren Weg fand, der sie über einen Holzbalken in den Innenhof lockte.

Um das Kirchenschiff herum lag der Friedhof, die Gräber in Reih und Glied, alle mit der gleichen Aufschüttung und alle mit dem Einheitsholzkreuz. Im Tod gibt es keine Hierarchien. Vielleicht war dies ein Spiegelbild des Alltags oder einfach nur ein Trost für diejenigen, die im wirklichen Leben zu kurz kamen. Am Ende landeten alle im Beinhaus hinter der Kirche, gegen Osten, wo im Licht der aufgehenden Sonne die verblichenen Knochen für die Ewigkeit aufbewahrt wurden. Ein Merkspruch in der Stundenuhr an der hölzernen Decke sorgte dafür, dass man es nicht vergaß: »So bald die Uhr ist gelofen aus – da heist mit dir in Todtenhaus.«

Innelor Hosenden hatte für den späteren Vormittag ein Treffen mit Gabriel Furer, dem Kurator des Lötschentaler Museums, und mit Magdalena Im Ager, der Vertreterin von »Lötschental Tourismus«, abgemacht. Man traf sich in der Eingangshalle des Museums.

»Leider ist die Sonderausstellung für die Sommersaison noch nicht ganz fertiggestellt«, entschuldigte sich der Direktor. »Wir öffnen erst in einer Woche. Der größte Teil der Ausstellungsgüter ist zwar vor Ort, aber wir warten noch auf eine Leihgabe aus Bern. Ausgerechnet das am nächsten liegende Museum lässt uns am längsten warten.«

»Was ist denn geplant?«, fragte Nicole Himmel.

»Eine Ausstellung über Albert Nyfeler. Kennen Sie den Mann?«

»Es klingelt weit hinten im Gehirn, was seine Arbeit angeht«, antwortete sie. »Aber wirklich nur sehr weit hinten. Den Namen allerdings haben wir schon einmal gehört.«

»Nun. Nyfeler stammt aus der Gegend von Huttwil und lässt sich zum Maler ausbilden. Zuerst ist er auf Kirchenrenovationen spezialisiert und kommt zu diesem Zweck 1906 nach Kippel zu Prior Werlen. In derselben Zeit beginnt auch der Bau des Lötschbergtunnels. Es herrscht also Betriebsamkeit und Aufbruchsstimmung. Das Lötschental hat es Nyfeler angetan. Er kommt immer wieder und lässt sich schließlich hier nieder. Er malt Aquarelle und Ölbilder, will das besondere Licht rund um das Bietschhorn einfangen. In seinem Werk finden wir das ganze Lötschental wieder. Das wollen wir in unserer Ausstellung zeigen. Er sammelt ebenfalls Archäologisches. Nyfeler hat auf dem Lötschenpass Pfeilbogen aus der Bronzezeit gefunden.«

»Bedeutsam jedoch«, mischte sich die Tourismusfrau Magdalena Im Ager ein, »sind Nyfelers Fotografien.«

»Darauf wollte ich gleich kommen«, griff der Kurator leicht tadelnd ein. »Um 1910 entdeckte der Maler das Medium der Fotografie für sich und nahm in den nächsten 40 Jahren das Alltagsleben und den Wandel der Talschaft auf. Über 2.000 Bilder sind erhalten. Ohne Nyfeler hätten wir kaum Zeugnisse aus dieser Zeit. Er hat sie hauptsächlich dem Volkskundlichen Seminar der Universität Zürich vermacht. Der Ethnologe Albert Niederer, ein guter Freund in späten Jahren, war dafür besorgt. Später allerdings hat er sie in der Mediathek Wallis in Martigny untergebracht. Maurice Chappaz formulierte es so: ›Das Abenteuer des Einzelnen, eingegangen in den Schoß der Gemeinschaft.‹«

»Und wer soll Ihnen was aus Bern liefern?«, unterbrach Nicole den Redefluss von Gabriel Furer.

»Ach ja, das fehlende Material.« Der Kurator dachte kurz nach. »Wir warten auf eine Sammlung von Glasnegativen.«

»Aus dem Alpinen Museum?«, fragte Nicole hellwach.

»Genau. Woher wissen Sie …«

»Aus der Sammlung Eugénie Goldstern brauchen Sie nichts?«, doppelte die Anthropologin nach.

»Nein …«, stammelte Furer. »Ich kenne zwar das Legat.

Aber das sind vor allem Spielzeuge, Tesseln und Haushaltsgegenstände. Davon haben wir selber genug.« Er führte sie zu einer Vitrine im ersten Stock. »Nur eine Auswahl«, sagte er.

»Eugénie Goldstern und Albert Nyfeler müssten sich eigentlich gekannt haben. Das Tal ist ja nicht dermaßen besiedelt, und wenn sich eine jüdische Volkskundlerin aus Wien oder aus Odessa hier aufgehalten hat, hat sich das bestimmt schnell herumgesprochen. Davon müsste dann auch Nyfeler gehört haben.«

»In den mir bekannten Dokumenten ist darüber nichts zu finden«, meinte der Kurator. »Waren sie denn gleichzeitig vor Ort?«

»1918, glaube ich, hat sich Eugénie im Tal aufgehalten, in Blatten, soviel ich weiß, möglicherweise erst im November, da sie sich im Herbst im Saastal von einer schweren Grippe erholen musste.«

»Dann ist es eher unwahrscheinlich. Im Sommer hielt sich Nyfeler oft wochenlang auf der Lauchernalp auf, besuchte auch die Faldum und andere Alpen. Aber im November war er wohl nicht mehr im Tal. In Kippel ließ sich Nyfeler erst 1922 nieder. Damals baute er ein Haus nach seinen eigenen Vorstellungen. Sie sehen es oben im Dorf am Schlüsselmattweg.«

»Wäre aber eine reizende Geschichte«, fügte Heinrich an.

»Sie sagen 1918 in Blatten? Da müsste sie aber Karl und vor allem Hedwig Anneler kennengelernt haben. Oder sie hat bereits vorher von den beiden gehört und ist deswegen nach Blatten gereist? Die Geschwister haben 1917 ein völkerkundliches Standardwerk mit dem Titel ›Lötschen, das ist: Landes- und Volkskunde des Lötschentales‹ publiziert. 360 Seiten, reich bebildert, alle Sagen, Geschichten und Lieder des Tales gesammelt! Außerdem hat Hedwig Anneler eine Dissertation über die frühe jüdische Gemeinde von Elephantine im Niltal geschrieben, Grund genug also, von Eugénie Goldstern wahrgenommen zu werden. Allerdings ist ein direkter Kontakt nicht dokumentiert. Schauen Sie sich das Buch an, es lohnt sich!«

»Ich habe es während des Studiums einmal in der Hand gehabt«, erklärte Nicole, »aber mir war der mögliche Zusammenhang nicht bewusst. Übrigens«, fuhr sie fort, »es fehlt im Tal nicht zufälligerweise eine Muttergottesstatue aus dem Mittelalter?«

»Eher nicht.« Der Kurator lachte. »Aus derart früher Zeit sind keine Kapellen erhalten. Sie stellen aber seltsame Fragen.«

»Es sind eben Berner«, seufzte Jennitz, der etwas später zu den andern gestoßen war.

»Ich habe gedacht, es gehe um den tödlichen Sturz von Anton Zerbrigg?«

Darauf erzählte Nicole vom Einbruch ins Alpine Museum. Die Tourismusbeauftragte biss nervös und gelangweilt zugleich auf ihren Fingernägeln herum.

»Wir stellen uns nun neue Fragen und suchen Zusammenhänge, die nicht auf den ersten Blick offensichtlich sind. Beispielsweise interessiert uns schon die geografische Nähe der beiden Todesfälle – um sie neutral zu benennen. Allerdings fehlen noch alle Beweise, und auch bei allfälligen Motiven tappen wir im Dunkeln.«

Jennitz stippte seine Kollegin an.

»Was habe ich dir gesagt? War es ein guter Schachzug, die Berner zu den Ermittlungen einzuladen?«

»Nur, bis Sitten davon erfährt«, brummte die Hosenden.

»In der Hauptstadt weiß man nichts von Ihrer Anwesenheit hier?«, wunderte sich Magdalena Im Ager.

»Nein«, gab Jennitz zurück. »Und das soll auch so bleiben!«

»Ist das ein Problem?«, wollte Markus Forrer wissen.

»Für Sitten ja«, erklärte Im Ager. »Für das Lötschental nein. Was wollen Sie wissen?«

Sie standen immer noch vor dem Schaukasten mit dem Spielzeug.

»Im Heimatmuseum ›Nutli Hüschi‹ in Klosters, Graubünden habe ich ähnliche Gegenstände gesehen«, erinnerte sich Heinrich Müller. »Kühe aus Knochen, bemalt in Erdfarben, und Tiere, geschnitzt in Holz.«

»Kein Wunder«, erklärte Furer, »die Menschen dort waren Walser, wie unsere Vorfahren, die das Lötschental geprägt haben. Ihre Kultur ist vor allem in den Rückzugsgebieten der Alpen verbreitet, bis ins Tessin. Und überall wird dieses archaische Deutsch gesprochen.«

Sie schritten gemeinsam weiter durch die Ausstellung, vorbei an Trachten, an einem ausgestopften Wolf, an Souvenirs aus Söldnertagen und an Architekturmodellen.

»Was ist das?«, fragte Müller. »Sieht ja aus wie das Hotelprojekt.«

»Das war eine Vision, wie man das Eingangstor ins Lötschental, nämlich den Staudamm zwischen Goppenstein und Ferden, zu einem Blickpunkt machen könnte. Von der Idee her ähnlich, aber touristisch uninteressant.«

»Und das Projekt ›Lötschenblick‹?«, fragte Nicole die Tourismusverantwortliche, die nicht den Anschein erweckte, sie sei von traditionellen Trachten beeindruckt, was ihre elegante, aber doch wetterfeste Kleidung bestätigte.

»Ach«, seufzte sie und setzte sich in Pose wie eine Femme fatale aus der Jugendstilzeit. »Wenn ich mich zu Tourismusprojekten äußern würde, wäre ich meinen Job bald los.«

»Magdalena, zier dich nicht so«, intervenierte Gabriel Furer.

»Ist doch wahr!«, protestierte sie. Ihr dunkelbraunes Haar war hochgesteckt und verstärkte den sinnlichen Ausdruck auf dem weichen Gesicht. »Das letzte Mal, als ich mich traute, etwas gegen den endgültigen Ausbau aller Stadel zu Ferienwohnungen zu sagen, hat man mir mit der Kündigung gedroht. Und das habe ich nur am Stammtisch gemacht, nicht in Gegenwart von auswärtiger Polizei.«

»Eine der beiden Stimmen für die Zweitwohnungsinitiative stammte ja auch von dir«, frotzelte der Kurator.

Die Im Ager schmollte, ließ sich aber dann doch überreden.

»Weil ihr aus Bern seid. Das Projekt ist nicht nachhaltig.«

»Was kostet es denn?«, fragte Nicole.

»Der Hotelbau dürfte 300 Millionen verschlingen. Mit welcher Zielgruppe man da eine Rendite erwirtschaften will, ist mir schleierhaft. Die Leute bleiben doch nur wenige Tage, brauchen dafür aber unglaublich viel Infrastruktur, Straßen, das Parkhaus, Zubringerdienste, Helikopterlandeplatz, Wasserversorgung und -entsorgung. All das steht dem normalen Publikum nicht zur Verfügung, wird aber von der öffentlichen Hand bezahlt. Versteht ihr: Die Burgergemeinde verschuldet sich für den Aufbau der Infrastruktur, die Hotelspekulanten sahnen die Gewinne ab. Die Eigeninteressen überdecken das öffentliche Interesse.«

Nicole fragte nach: »Profitiert denn wenigstens das einheimische Gewerbe?«

»Das weiß man noch nicht, so weit sind die Pläne nicht gediehen. Aber es würde mich wundern.«

»300 Millionen. Das ist kein Klacks«, überlegte Forrer. »Wer soll das Projekt finanzieren?«

»Jetzt kommen wir zu den interessanten Fragen«, fuhr Im Ager fort. »Eine Familie aus Kippel ist Mitte des 19. Jahrhunderts vor der Armut im Tal geflüchtet. Sie kam in den USA an und beteiligte sich am Bau der Eisenbahnen. Man nannte sie nach ihrer Herkunft ›Kippeler‹. Diese Familie ist nun milliardenschwer und glaubt, das Geld als Entwicklungshilfe in ihr Ursprungstal investieren zu müssen.«

»Ganz so altruistisch werden sie nicht sein«, gab der Kurator zu bedenken.

»Das bedeutet«, folgerte der Detektiv, »das Kapital für den Hotelbau ist vorhanden. Und das Geld für die Infrastruktur?«

»Wird zum größten Teil vom Bund und vom Kanton Wallis übernommen.«

»Wenn da nicht die Zweitwohnungsinitiative wäre«, sagte Innelor. »Man darf nur noch bis zu 20 Prozent der Immobilien eines Dorfes als Ferienwohnungen nutzen.«

»Fallen Hotels auch darunter?«, fragte Müller.

»Normalerweise nicht, solange sie keinen bedeutenden Anteil von Ferienwohnungen in einem Gebäude aufweisen, und das wurde an der Präsentation nicht klar. Wenn das Hotel nur in der Sommersaison genutzt wird – und diese Möglichkeit besteht durchaus –, weiß ich nicht, ob es die Anforderungen des neuen Gesetzes erfüllt.«

»Jetzt wird mir einiges klar«, sagte Nicole. »In Wiler kann man nicht mehr bauen, denn auf der Lauchernalp gibt es bereits zu viele ›kalte Betten‹.«

»Dasselbe gilt für die andern drei Gemeinden im Lötschental«, ergänzte der Kurator. »Man hätte das Projekt bereits vor der Volksabstimmung im März 2012 bewilligen müssen, um es heute noch bauen zu dürfen.«

»Der Walliser findet immer einen Ausweg«, erklärte Magdalena Im Ager.

»Deswegen musste Zerbrigg sterben?«, wollte der Detektiv wissen. »Auch im Lötschental reichen solche Projektideen noch nicht für einen Mord, nicht einmal bei einem Gegner des ›Lötschenblicks‹.«

»Wenn wir die Antwort darauf wüssten«, erklärte Hans Jennitz, »hätten wir euch dann geholt?«

Sie stiegen in den Keller hinunter, wo die Tradition der Lötschentaler Tschäggättä aufgearbeitet wurde, mit Video, Kostümanprobe und den weit über das Tal hinaus berühmten Holzmasken, deren Entwicklung man über die letzten 100 Jahre hinweg nachvollziehen konnte. Kunstvolle Schnitzerei aus Arvenholz, hässliche Fratzen, die den Frauen und Kindern Angst und Respekt einflößen sollten. Teuflische Wesen mit Kuhzähnen im Mund und Schafswolle auf dem Kopf.

FREITAG, 29. MAI 2015

Nicole Himmel und Heinrich Müller hatten im Hotel »Bietschhorn«, einem sonnenverbrannten Lärchenholzhaus direkt an der Straße, je ein Einzelzimmer mit Dusche und WC auf der Etage, die Fenster gegen hinten auf den grasigen Berghang, Ruhe garantiert. Im hölzernen Kastenbett wog die Decke schwer auf dem Körper, aber es war durchaus geräumig, und man konnte im Zimmer an einem Tisch sitzen und lesen oder schreiben.

Vorher aber ließen die beiden den Tag bei einem Abendessen auf der immer noch angenehm warmen Terrasse unter ausladenden Birn- und Kirschbäumen ausklingen. »Goût Mieux« ist die Auszeichnung, mit der die Küche des Hauses von sich reden machte, eine Würdigung des sorgsamen Umgangs mit Lebensmitteln, keineswegs aber eine Anerkennung für das nachgedunkelte Täfer, das mit den Betreibern gealtert und manchenorts unter historischen Fotografien, mehr oder minder modernen Kunstwerken und Artefakten der australischen Aborigines kaum mehr sichtbar war. Hinter dem Tresen werkelte Meister Herbert in der offenen Küche, Medusa trug die Speisen an die Tische auf der Terrasse. Dem Ausschank gegenüber führte eine schmale Holztreppe vier Stockwerke hinauf zu den Zimmern und zum hellen Frühstücksraum mit Blick auf das Bietschhorn.

Vielleicht lag es an der Käseschnitte »Bietschhorn« oder am »Tschäggättä-Spieß« mit fünf Sorten Fleisch oder aber an den zwei Flaschen Bio-Fendant, wer wusste das im Nachhinein schon so genau? Möglicherweise war es im Vergleich zu Bern in der Nacht einfach zu ruhig. Jedenfalls konnten die beiden Detektive erst lange nicht einschlafen, und als ihnen endlich die Lider zufielen, wurden sie bereits wieder von einem lauten Lärmen geweckt. Es war noch dunkel.

Ein wildes Tier starrte durchs Schlafzimmerfenster direkt auf Nicole Himmel, und sie konnte nicht aufhören zurückzustarren. Das Vieh blieb unbeweglich, hölzern, ein in Lumpen gehülltes Schaffell. Und selbst als es nach einem Augenblick lauthals auflachte, blieb es unbeweglich, hölzern, mit Zähnen, der größten Kuh aus dem Maul gerissen, Hauern vom Wildschwein und Augen schwarz wie der Tod.

Nicole sank erschrocken zurück in ihre Laken, und als sie sich wieder traute, aus dem Fenster zu blicken, sah sie nur noch schwarze Nacht. Dann kam der Schrei. Erst als Heinrich die Türe aufriss, die sie doch abgeschlossen glaubte, bemerkte sie, dass der Schrei aus ihrem Mund kam. Sie zeigte mit der ganzen Hand auf die Nacht. Von Ferne noch hörte man das Bimmeln einer Ziegenglocke.

»Ich hätte schwören können, der Teufel!«, presste sie heraus, als sie sich einigermaßen gefasst hatte. »Hast du ihn auch gesehen?«

»Ja«, beruhigte Müller. »Es war eine Maske, vielleicht auch zwei oder drei. Eine der Tschäggättä-Masken, ganz ähnlich der, die wir im Museum gesehen haben.«

»Eine Fasnachtsmaske?«, fragte Nicole. »Ende Mai?«

Wie Riesen wirkten die drei in Schaffelle von Schwarznasen eingehüllten Figuren, eine größer als die andere, mit Glocken behangen und mit den steifen Teufelshörnern auf der blutroten Stirn. Wer von ihrem Lärm erwachte, schloss geschwind die Fensterläden und brachte sich in Sicherheit. Arme Seelen, die ihren Weg nicht aus dem Seelenfenster gefunden hatten? Die Walliser nennen es Gratzug. Einer hinter dem andern in Einerkolonne folgen sie der Gratzuglinie und machen seit undenklichen Zeiten unbeirrt ihren Weg, egal ob ein Bauer ein Haus hingebaut hat, sie gehen hindurch wie durch Zuckerwatte, und wenn man ihnen auf ihrer Wilden Jagd begegnet, lässt einen der Anblick dieser Leute erstarren. Die wahren Namen der Ahnen sind gefährlich und dürfen nicht ausgesprochen werden.

»Wir haben sie erwischt, als sie in Ferden in ein Auto steigen wollten«, erklärte Innelor Hosenden, die sich zum Frühstück zu den beiden Bernern gesetzt hatte, während Hans Jennitz die Übeltäter in einer Stube des Gemeindehauses bewachte, bis Verstärkung aus Sitten kam.

»Wie seid ihr so schnell vor Ort gewesen?«, fragte Nicole. »Man könnte beinahe annehmen, ihr hättet mit dem Tschäggättä-Zug zur Unzeit gerechnet.«

»Das nicht, aber die drei sind kurz nach Mitternacht in Blatten losgezogen, haben in Wiler um das Haus der Familie Brand einen Ring aus Glockengeläut gezogen, bevor sie weitermarschiert sind. Schon ausgangs Blatten hat uns jemand angerufen und anonym vom Saubannerzug in Kenntnis gesetzt. Es dauerte dann doch eine gewisse Zeit, bis die drei Burschen beim Hotel ›Bietschhorn‹ in Kippel angekommen waren. Das hat problemlos für den Weg hinauf ins Lötschental gereicht.«

Im Hintergrund lief eine Mischung von Pop- und Rockmusik, eingängige Melodien mit einer charaktervollen Frauenstimme, die manchmal die Höhen eines Liedes zu stark presste.

»Papa was a Rolling Stone«, sagte Müller. »Aber vom Text verstehe ich kein Wort.«

Medusa brachte das CD-Booklet an den Tisch.

»Där Papa isch äs Chorbi gsi«, las Nicole vor. »Es muss eine Geheimsprache sein.«

»Unsere Sina«, sagte Medusa stolz, als sie Heinrichs fragenden Ausdruck sah. »Wallisertitsch. Oberwalliser Mundartrock. Lesen Sie beim nächsten Lied mit. Hinten gibt es ein Glossar«, erklärte sie, als ob Studenten vor ihr säßen.

Heinrich sagte: »Der Titel ›Meiju-Lini‹ bedeutet ›Blumen-Lina‹. Mal hören.«

Der Song begann mit einem harten Schlagzeug-Beat, bevor Stimme und Gitarre einsetzten. Gebannt versuchten die Berner Detektive, dem Text zu folgen.

»›Fluch aus dem ewigen Schnee‹ verstehe ich noch«, sagte Nicole, »aber ›Rollini us Gold‹?«

Medusa setzte sich zu ihnen und erklärte: »Es ist die Geschichte des von ihrem Liebhaber verschmähten Mädchens, das eines Tages im ewigen Eis verschwindet und seither von den jungen Männern begehrt wird. Sie sterben alle auf der verzweifelten Suche nach ihm.«

»Und die Rollini?«, fragte Heinrich.

Medusa seufzte: »Das sind Locken aus Gold.«

»Die Frau im Eis«, erinnerte sich Nicole. »Eine Legende aus dem Lötschental?«

»Nein«, sagte Medusa. »Sina hat sich einen eigenen Mythos zusammengereimt.«

Dann verschwand sie in der Küche. Nur eine Träne blieb auf dem Tisch zurück.

Kurze Zeit später schloss sich auch Jennitz der Frühstücksgesellschaft an, und auch der Kurator kam auf einen Kaffee vorbei.

»Es sind die drei Jungen des Zerbrigg Anton«, erklärte der Visper Gendarm. »Mal sehen, was sie aussagen. Vorerst gehen wir von einer Kurzschlusshandlung aus, die mit dem Tod ihres Vaters zu tun hat.«

»Was haben sie bei der Familie Brand gesucht?«, wollte Gabriel Furer wissen. »Grundlos reißen sie selbst bei einer solch seltsamen Unternehmung niemanden aus dem Schlaf.«

»Wissen wir noch nicht«, antwortete der Polizist. »Es ist nur so, dass Moritz Brand der Letzte war, der den Anton noch lebend gesehen hat, bevor er sich auf den Rückweg nach Ferden gemacht hat. Man hat ihn damals befragt, als er im Dorf ankam. Verdächtigt wurde er allerdings nicht.«

»Woher kommt dieser Brauch, die Leute mitten in der Nacht hinter hässlichen Holzmasken zu erschrecken?«, fragte Heinrich Müller.

Gabriel Furer erzählte: »Eigentlich macht man das nicht mitten in der Nacht, sondern vor allem abends, wenn die Menschen noch unterwegs sind und man möglichst viele von ihnen in Angst versetzen kann. Der Brauch ist wohl weniger alt, als es viele gerne hätten. Aber immerhin reicht er ein paar Jahrhunderte zurück. Er gehört zur Lötschentaler Fasnacht. Das wilde Treiben beginnt am Tag nach Mariä Lichtmess, dem zweiten Februar, und dauert bis zur Nacht vor dem Aschermitttwoch. Früher waren die Masken einfacher, sodass jeder Bauer in der Lage war, eine solche zu schnitzen. Dann warf man sich ein Tierfell über und verschmolz mit seiner animalischen Natur. Erst in der Mitte des 20. Jahrhunderts hat man immer einfallsreichere Kostüme und stets ausgefallenere Masken kreiert, und bald etablierten sich ein paar Werkstätten, die hauptsächlich für den Tourismus arbeiteten, aber heute kaum mehr von Bedeutung sind. Die Dekormasken sind denn auch viel kleiner, handlicher und in ein gerades Brett geschnitzt, während die getragenen Masken innen ausgehöhlt und bis zu 50 Zentimeter lang sind.«

»Dann haben sie bestimmt auch ein entsprechendes Gewicht«, staunte Nicole.

»Es braucht schon einen kräftigen jungen Mann, um das ganze Gewand mit Maske stundenlang zu tragen«, sagte Gabriel Furer. »Wenn man vom Ursprung der Tschäggättä redet, hört man oft im gleichen Satz die Geschichte von den Schurtendieben. In den Wäldern auf der Schattseite, dem Dorf Wiler gegenüber, wohnte eine kleinwüchsige Gruppe von Menschen, die offenbar von den germanischen Einwanderern auf die gefährliche und unfruchtbare Talseite verdrängt worden war. Deshalb haben sich die Leute das Recht herausgenommen, im Schatten der Dunkelheit aus den Wäldern zu kommen und über die Lonza auf die Sonnenseite zu Raubzügen aufzubrechen. Dabei trugen sie Holzmasken, Tierfelle und umgehängte Schellen.«

»Leider kann man sie nicht mehr befragen«, seufzte Innelor. »Sie sind ausgestorben.«

»Falls sie jemals gelebt haben«, ergänzte Jennitz. »Wer weiß das schon bei all den Geschichten, Sagen und Mythen, die in diesen wilden Bergregionen zirkulierten, abends, wenn man sich in den finsteren, durch Talglichter nur spärlich erleuchteten Alphütten zum Abendsitz niedergelassen hat und sich von den Älteren Geschichten erzählen ließ.«

»Wenn die Spannung an ihrem Siedepunkt angelangt war und alle gebannt zuhörten, zauberte der Geschichtenerzähler mit seinen Fingern einen bedrohlichen Schatten an die Wand, zeichnete die Umrisse eines sagenhaften Tieres nach oder beschwor eine verlorene Seele.«

»Besser als YouTube und Pay-TV«, brummte der Detektiv, als er in seinen Nussgipfel biss. Dann sagte er: »Wir reisen am Nachmittag zurück nach Bern. Wir pflegen unser angeschlagenes Ego, knuddeln Mathilda, plündern den Kühlschrank im ›Schwarzen Kater‹, denn das alles hilft beim Denken. Morgen um zehn Uhr treffen wir uns bei der Talstation der Oeschinensee-Gondelbahn.«

»Wer ist ›wir‹?«, wollte Innelor wissen.

»Am liebsten alle fünf, die jetzt hier am Tisch sitzen. Markus Forrer rufe ich gleich an, damit er sich morgen von Bern her zu uns gesellen kann. Wir brauchen eine kreative Pause und etwas Distanz zu den Örtlichkeiten, um uns einen Überblick zu verschaffen.« Schließlich wandte er sich an Gabriel Furer: »Haben Sie eine Maske, die ich ausleihen könnte?«

SAMSTAG, 30. MAI 2015

Es war eine ungewöhnliche Prozession, die sich in den Strom der Wanderfreunde einreihte, nachdem sie sich in der Bergstation der Oeschinensee-Gondelbahn mit Kaffee und Gipfeli eingedeckt hatte.

»Die Turbowanderer, die hinauf zum Hohtürli, zur Blüemlisalphütte und auf der andern Seite wieder hinunter zur Griesalp rennen, haben sich schon früher auf den Weg gemacht«, sagte Heinrich zu niemandem im Besonderen, denn man hatte ihn schon unterwegs zum See leicht abgehängt. »Ich kann ja auch mit dem Fels reden«, sagte er noch, bevor er sich auf seine Schritte konzentrierte.

Nachdem es auf breiten Kieswegen Richtung See gegangen war, zweigte nun links der Bergweg ab, jener Pfad, der nicht dem Wasser folgte, sondern über eine hoch über dem See hängende Felsnase direkt zum Oberbärgli führte, zwei Stunden in die Höhe stemmen, ausbalancieren und darauf achten, dass man keinen Misstritt machte, den der Berg nicht verzeihen würde. Man stieg von knapp 1.600 auf 1.978 Meter, an sich keine große Sache, aber der Pfad fraß sich durch rutschige Halden, über feuchte Schwarzschieferplatten und an abschüssigen Flyschflühen entlang, bevor er sich auf einem schmalen Plateau über dem See beruhigte.

Dort warteten die beiden drahtigen Walliser Polizisten, der ebenso berggängige Kurator und bald auch der Berner Polizist mit der wieselflinken, allerdings untrainierten schnelleren Hälfte der *Detektei Müller & Himmel*, deren Muskeln und Sehnen tagelang von der Kletterei berichten würden, auf den schwer stampfenden und atmenden Heinrich Müller.

»Du solltest nicht die Nahrung der letzten 20 Jahre hier hochtragen«, feixte Nicole, als der Detektiv sie endlich erreichte und erschöpft ins Gras nieder sank.

»Die bauen die Wege aber auch jedes Jahr steiler«, reklamierte er, als er endlich wieder zu Atem kam.

»Die Höhe haben wir geschafft«, erklärte Gabriel Furer, »von hier aus geht's nur noch geradeaus und wieder runter. Schaffen Sie das noch?«

»Kein Problem«, beschwichtigte Heinrich, »ich tu mich nur schwer bei heftigen Steigungen.«

Der Kurator holte nun eine noch erstaunlich kühle Flasche Johannisberg aus seinem Rucksack und füllte sechs Zinnbecher mit dem ganz leicht perlenden goldgelben Getränk.

»Wir haben zwar keinen Gipfel erklommen, aber einen Umtrunk ist unsere gemeinsame Exkursion allemal wert.«

Er prostete allen zu, und bald war man allerseits beim Du.

»Davon darf Sitten aber nichts wissen«, bat Innelor um Verschwiegenheit.

Nicole kommentierte: »Langsam frage ich mich, ob ›Sitten‹ überhaupt etwas wissen darf. Wollen wir ihnen den Täter ausliefern, wenn wir ihn gefasst haben?«

Hans erklärte: »Wenn die Oberwalliser und die Berner immer so gut miteinander ausgekommen wären wie wir hier und heute – wir würden zum Kanton Bern gehören!«

»Nur ohne Reformation«, ergänzte Gabriel.

Nachdem die Becher geleert und noch einmal aufgefüllt waren, verteilte Innelor an jeden eine Randen-Trockenwurst und eine Scheibe Walliser Roggenbrot mit Baumnüssen.

Dann war es Zeit für eine erste Übersicht.

Heinrich nahm das Wort: »Wir sehen nur den Schatten eines Vorgangs. Der aber erzählt uns, wo das Licht ist. Wer den Schatten entschlüsseln kann, berichtet gleichzeitig vom Licht und seiner Quelle. Wenn wir also das düstere Ende einer Geschichte erkennen, müssen wir nur den Erzählfaden zurückverfolgen und erreichen ihren Beginn.«

»Dann los«, munterte der Kurator auf.

Forrer übernahm: »Hier machen wir eine Auslegeordnung, in der nächsten halben Stunde lassen wir uns alles durch den Kopf gehen, und dort drüben«, er zeigte auf eine Ansammlung von Alphütten oberhalb des Felsabsturzes am hinteren Ende des Sees, in dem man einen steil aufsteigenden Zickzack-Weg erkennen konnte, »dort ziehen wir unsere Zwischenbilanz.«

Müller erklärte: »Markus, Nicole und ich waren am 22. Mai mit dem Kantonspolizisten Ueli Wanner aus Kandersteg bereits vor Ort, das heißt dort auf der gegenüberliegenden Seite des Sees, wo man den Weg entlang dem Ufer sieht. Wenn man genau hinschaut, erkennt man, wie er sich im Fels Stufe für Stufe bis zur Fründenhütte nach oben windet. Dort unten hat man Mitte März auf dem noch zugefrorenen See Kurt Arnold gefunden.«

»Der Mann wurde erschossen, die Selbstmordthese lässt sich nicht länger halten«, sagte Forrer. »Vom Täter fehlt jedoch jede Spur. Er muss allerdings gute Ortskenntnisse haben und weiß auch, wie man sich im Winter hier oben bewegt, ohne Aufsehen zu erregen.«

»Eine Frau kommt nicht infrage?«, wollte Innelor wissen. »Wir schaffen das inzwischen auch bei Frost ganz gut.«

»Theoretisch möglich«, meinte Markus, »aber wir gehen

vorerst von der Hypothese aus, dass es ein Mann gewesen ist.«

»Du hast doch damals einen Packen Papier gekriegt«, sagte Nicole.

»Stimmt«, erwiderte der Polizist, »aber wir waren fast die ganze Zeit im Lötschental, deshalb konnte ich mich noch nicht gründlich damit befassen. Wahrscheinlich muss ich die Dokumente der Abteilung für Wirtschaftskriminalität vorlegen, vielleicht sogar der Bundespolizei, denn es geht um Bauvergaben und Abrechnungen, die ich nicht in nützlicher Frist durchschaue.«

»Wenn der Mord im Sommer geschehen wäre, hätte der Täter über die Fründenschnur flüchten können«, träumte Innelor, die offenbar auch Ortskenntnisse hatte. Sie zeigte auf das schmale Band, das von links nach rechts mitten durch die hohe Felswand führte, mehr als 200 Meter oberhalb der spiegelglatten Wasserfläche, die nur durch die Wellen einzelner Ruder- und Paddelboote ansatzweise gestört wurde.

Heinrich schauderte.

»Da muss man aber extrem mutig sein, um das zu wagen.«

»Oder außerordentlich verzweifelt«, sagte Markus. »Aber es geschah ja im Winter, und da ist eine Flucht über dieses enge Felsband ausgeschlossen. Wir nehmen an, dass der Täter mit dem Schneemobil des Opfers nach Kandersteg gefahren ist, denn das Gefährt wurde am Bahnhof gefunden.«

»Ihr könnt eure Landschaftsbetrachtungen später weiterspinnen«, warf Müller ein. »Wir wollen schließlich keinen Reiseführer schreiben. Was haben wir noch?«

»Um beim Spektakulären zu bleiben: der Todesfall Zerbrigg, bei dem die Unfallthese noch nicht widerlegt ist«, sagte Jennitz. »Und damit im Zusammenhang die geplante Luxusüberbauung auf der Faldumalp.«

»Der Einbruch ins Alpine Museum«, nahm Nicole den Faden auf, »bei dem das Legat Goldstern, ein Kasten Glasnegative, offenbar aus der Fotosammlung von Albert Nyfeler, und ein paar volksreligiöse Gegenstände weggekommen sind.«

»Sowie eine Tschäggättä zur Unzeit«, ergänzte Gabriel. »Was ist eigentlich mit den Zerbrigg-Jungs geschehen?«

Innelor erklärte: »Wir haben sie bereits wieder aus der Untersuchungshaft entlassen. Außer Nachtruhestörung ist ihnen kein Delikt nachzuweisen. Die Familie Brand aus Wiler hat allerdings Strafanzeige eingereicht. Die Jungs seien bei ihnen nach Mitternacht ums Haus gehüpft und hätten geschrien: ›Tötet den Wolf! Tötet den Wolf!‹ Die drei wollten bei der Befragung dazu aber keine Angaben machen.«

»Das ist alles?«, fragte der Detektiv.

Jennitz entgegnete: »Für den Moment ja.«

»Auf zur Alp!«, befahl Müller.

Unterwegs nahm Heinrich den Kurator zur Seite und sagte: »Es geht das Gerücht, dass beim Brand von Wiler im Jahr 1900, dem das ganze Dorf zum Opfer fiel, die Leute aus Kippel zu Hilfe geeilt seien und den Menschen in ihren Häusern Unterschlupf gegeben hätten. Hinten herum sollen sie aber den verbliebenen Besitz aus den Brandruinen gestohlen haben. Ist da was dran?«

»Darüber spricht man nicht«, sagte Furer. »Ich halte das für ein Gerücht, das manchem heute noch als Vorwand dafür dient, einen künstlichen Graben zwischen den Dörfern zu schaufeln. Es gibt jedes Mal böses Blut, wenn jemand mit der alten Geschichte kommt. Mit Zerbriggs Tod hat es nichts zu tun, denn der stammte aus Blatten. Und Moritz Brand, der als Letzter bei ihm war, kommt aus Wiler.«

Sie nahmen den Rest des relativ kurzen Wegstücks unter die Füße, das sich allerdings nicht ungefährlich durch eine abschüssige Rutschhalde grub, wohl ein winterlicher Lawinenkegel, bevor es sich in den Rinderpfaden des Oberstafels verlor. Zwischen den gedrungenen Viehställen, die schon etliche Jahrzehnte auf dem Buckel hatten, führte er zum Oberbärgli und seiner Alpbeiz, wo sich die Gruppe an wettergegerbten Holztischen niederließ und bei der Sennerin eine kräftigende Suppe und ein Stück Alpkäse mit währschaftem Brot bestellte.

»Der Käse ist vom letzten Jahr«, erklärte sie, »die Kühe sind erst seit wenigen Tagen hier oben. Der Schnee ist zwar im Frühjahr rasch geschmolzen, aber das Gras war in den ersten Wochen nicht so wüchsig. Also haben wir zuerst die Guschti heraufgeholt, bevor wir die Milchkühe nachgezogen haben.«

Heinrich bestellte für jeden eine Halbliterflasche Suure Moscht.

»Um die Elektrolyte auszugleichen«, dozierte er.

Alle lachten, aber der säuerlich süße Apfelwein mit der feinen Perlage löschte den Durst hervorragend und regte die Fantasie an.

»Eure Schlussfolgerungen?«

Jennitz fasste zusammen: »Das Einzige, was man konkret sagen kann, ist, dass wir vier Kriminalfälle höchst unterschiedlicher Schwere in zwei angrenzenden Kantonen haben, die bisher leider gar nichts verbindet.«

»Schade«, seufzte Nicole, der der Alkohol langsam zu Kopf stieg, »dabei sitzen wir so gern zusammen. Wäre doch schön, wenn wir das am Schluss auf Spesen den Steuerzahlern verrechnen könnten. Aber«, sie legte den linken Zeigefinger an die Lippen, »sagt Sitten nichts davon!«

»Das Lötschental spielt bei allen Vorfällen eine Rolle, manchmal nur am Rande, soweit wir bisher wissen«, sagte Müller.

»Wir sind leider auf Kommissar Zufall angewiesen«, erklärte Innelor. »Können wir den Gang der Ereignisse irgendwie beschleunigen?«

»Ich weiß nicht, ob es wichtig ist«, warf Gabriel Furer ein.

»Alles ist bei Ermittlungen wichtig«, sagten die drei Polizisten gleichzeitig und blickten den Kurator erwartungsvoll an.

Der war leicht irritiert.

»Die Familie Brand geht mir nicht aus dem Kopf. Sie ist zwar bisher nur indirekt am Geschehen beteiligt, aber die Tatsache, dass die drei Zerbrigg-Brüder sie zur Zielscheibe gemacht haben und dass Moritz Brand der letzte war, der Anton Zerbrigg lebend gesehen hat, könnte doch mehr Bedeutung haben. Es gibt auch Geschichten, die im Lötschental kursieren und die mit den beiden Familien zu tun haben, aber weit in die Zeit zurückreichen.«

»Machst du dich mal kundig?«, bat der Detektiv.

»Ja. Ich durchforste die Archive«, erklärte Gabriel. »Wer kennt sich am besten mit Internetrecherchen aus?«

Markus zeigte auf Nicole, die sich allerdings um den Alphund kümmerte, der Interesse am Käse zeigte.

»Was?«, fragte sie in ihrer tiefen Stimme, die stets ein leises Kribbeln auslöste, bevor sie mit einem Augenaufschlag Gabriel Furer aktivierte.

»Schau mal, ob du mithilfe des Internets eine Genealogie der Familien Brand, Zerbrigg und Kippeler erstellen kannst. Irgendwo muss da eine Verbindung sein. Ich hab's im Urin.«

»Wie weit zurück?«, wollte sie wissen, stand plötzlich auf, sagte: »Apropos Urin …« und rannte hinter die Hütte.

Als sie erleichtert wieder vor ihnen stand, sagte Furer: »Mindestens 100 Jahre. Die Dorfarchive müssten online sein, sonst wühlst du dich durch die Ahnenbücher der Mormonen, die haben vor ein paar Jahren die ganzen Kirchenrödel digitalisiert und die Lötschentaler postum zu Glaubensgenossen gemacht.«

»Dafür werden sie mit Höllenqualen büßen«, murmelte Innelor.

»Wer?«, fragte Markus. »Die Lötschentaler oder die Mormonen?«

Eine kleine Wolke hatte sich vor die Sonne geschoben, bald darauf eine zweite. Die meisten Wanderer waren überstürzt aufgebrochen. Nur unsere Gruppe löffelte gedankenverloren ihre Suppen aus, bevor Innelors mahnende Stimme zum Aufbruch drängte, denn das erste Donnergrollen war bereits zu hören.

Leider gestaltete sich der Abstieg über den neuen Weg weitaus schwieriger als gedacht. Johannisberg und Apfelwein verfehlten ihre Wirkung nicht. Und es war insgesamt sehr rutschig, auch wenn die ersten Tropfen auf sich warten ließen. Dann schlug der Donner über ihren Häuptern zusammen. Unter dem Krachen erzitterte die Felswand. Darüber hinaus prasselte eine Lawine aus Kieselsteinen nur knapp an ihren Köpfen vorbei. Ein Nachzüglerstein schlug auf Heinrichs Rucksack auf.

Sie hasteten weiter und kamen im Unterbärgli zum notwendigen Schutz, bevor die schweren Tropfen auf die Alpweide klatschten, wo sie von durstigen Alpenkräutern sehnlichst erwartet wurden.

»Das war knapp«, resümierte der Detektiv. »Dass ein

Donner einen Steinschlag auslösen kann, war mir bisher nicht bekannt.«

Innelor und Hans, die mit den Bergen vertraut waren, blickten ihn aus bleichen Gesichtern an und sagten synchron: »Das waren nicht Blitz und Donner. Das waren Menschen!«

DIENSTAG, 2. JUNI 2015

»Kommst du zurecht?«, fragte Heinrich Nicole, die bereits seit Stunden am Computer saß und ihre Familienrecherchen betrieb.

Sie antwortete: »Schritt für Schritt geht es voran. Zum Glück konnte mich Gabriel Furer darauf vorbereiten, wonach ich zu suchen habe. Das Problem dabei …«

Sie blickte auf eine neue Homepage, die sich vor ihr aufblätterte.

»Was ist das Problem?«

»Der Kurator kennt zwar die beteiligten Familien. Leider gibt es aber einige Personen mit demselben Namen. Das macht die Suche mühsam. Und wer garantiert uns, dass Furer in dieser Sache neutral ist?«

»Er hat auf mich einen offenen Eindruck gemacht.«

»Auf mich auch.« Nicole seufzte. »Darum geht es nicht, noch nicht einmal um bewusste Verfälschung von Informationen. Aber der Kurator eines Heimatmuseums hat möglicherweise einen anderen Blickwinkel auf die Ereignisse im Tal als jemand von außen. Man ist bestimmt auf Goodwill und Unterstützung angewiesen, erfährt aber genauso die Ablehnung seiner Arbeit von mancher Seite. Solche Erlebnisse prägen einen unbewusst.«

Müller scherzte: »Sollten wir doch jemanden aus Sitten beiziehen?« Dann beruhigte er: »Machen wir es uns nicht zu schwer. In welche Richtung suchst du gerade?«

»Ich bin dabei, Familiengenealogien zu erstellen, also die Geschichte einzelner Clans so weit wie möglich zurückzuverfolgen, bis weit ins 19. Jahrhundert hinein. Es ist erstaunlich viel Information zugänglich. Schau mal!«

Sie öffnete eine Tabelle, die in der ersten Spalte auf der linken Seite Jahreszahlen aufführte, in der zweiten bis vierten Familiennamen, in der fünften die Generationen und deren hinterste Spalte mit »Ereignisse« betitelt war.

»Es beginnt also vor 1900«, stellte Heinrich fest, »und das erste bedeutsame Ereignis ist der Bau des alten Lötschbergtunnels von Kandersteg nach Goppenstein.«

»Genau. Dort wird heute noch der Autoverlad abgewickelt. Ziemlich genau 100 Jahre später hat man den Lötschberg-Basistunnel von Frutigen nach Visp durch den Berg getrieben.«

»Es geht also um die drei bereits erwähnten Familien«, stellte Heinrich fest.

»Vorerst ja. Nach Auskunft von Gabriel. Mal schauen, was die Recherche noch so nach sich zieht. Zuerst einmal finden wir die Familie Kippeler, die es Mitte des 19. Jahrhunderts nach Amerika geschafft hat und deshalb im Genealogen-Netzwerk gut vertreten ist. Diese Angaben kann man einfach übernehmen.«

»Lass sehen. Ein Marius Kippeler war der Auswanderer, oder Wirtschaftsflüchtling, wie man heute sagen würde. Linus Kippeler hat offenbar das neu erarbeitete Vermögen gesichert, und Martin Kippeler kehrt als Investor ins Tal zurück. Der wird kaum Verständnis für kritische Stimmen aufbringen.«

»Die Nostalgie sitzt tief. Man hat ihn offenbar nach dem heiligen Martin benannt, der auch der Patron der Pfarrkirche von Kippel ist.«

»Der Arm des Katholizismus reicht bis in die Neue Welt.«

»Bei den im Lötschental ansässigen Familien musste ich bedeutend länger recherchieren.«

»Aber du hast es geschafft?«

»Ja. Jedenfalls was offizielle Dokumente betrifft. Auf der einen Seite haben wir die Familie Brand aus Wiler, auf der andern die Zerbrigg aus Blatten. Ich habe sie bis zu den Urgroßeltern zurückverfolgt. Offenbar haben wir es bei den Brand mit Befürwortern des Projekts ›Lötschenblick‹ zu tun, bei den Zerbrigg mit Gegnern.«

»Das ist so klar abgesteckt?«, fragte der Detektiv.

»Zumindest, was die noch lebenden Familienmitglieder der direkten Linie betrifft. Davon gibt es nicht mehr sehr viele. Also, von vorne … oder besser gesagt, von hinten. Die Brand-Urgroßeltern hießen Bruno und Regina.«

»Die Königliche?«

»Könnte man sagen. Allerdings starb sie mit 35 Jahren nach dem Ersten Weltkrieg an der Spanischen Grippe. Ihr Mann war schon zwei Jahre vorher tot. Die Großelterngenerationen lebten unauffällig und mit der damals erwartbaren Lebensdauer von etwa 70 Jahren. Die nächste Generation genießt als erste eine Ausbildung außerhalb des Tals, kommt aber noch zurück. Moritz Brand ist Primarschullehrer in Wiler, seine Frau Emma Kindergärtnerin am gleichen Ort, seine Schwester Anna Juristin in Brig. Keine weiteren Nachkommen, dieser Familienzweig der Brand wird wohl aussterben.«

»Und wie geht es den Zerbrigg in dieser Beziehung?«, wollte Heinrich wissen.

»Blendend. Anton und Beatrice haben innert dreier Jahre drei Söhne gezeugt, alle inzwischen mit einer hoffnungsfrohen Karriere vor Augen, alle um die 25. Anton ist als Rentner verzeichnet, was er vorher gemacht hat, konnte ich noch nicht herausfinden. Zwei der Söhne studieren in Bern, der dritte beglückt die Schweizergarde in Rom als katholischer Söldner.«

»Gruselig.«

»So schlimm ist es nun auch wieder nicht. Die Lötschentaler teilen deine Aversion gegenüber allem Religiösen nicht, sie sind im Gegenteil stolz darauf, in Diensten des Papstes zu stehen. Früher standen die Lötschentaler als Söldner vielen katholischen Herrschern zur Seite. Die Herrgottsgrenadiere sind im heutigen Brauchtum an kirchlichen Feiertagen eine Erinnerung an diese Zeit.«

»Ich sagte ja, gruselig!«

»Zurück zu den Ursprüngen. Auffällig ist der frühe Tod des Urgroßvaters Niklaus Zerbrigg, der 1908 mit erst 27 Jahren starb, während seine Frau Maria immerhin 88 Jahre alt wurde. Der gemeinsame Sohn Peter war beim Tod des Vaters eben erst auf der Welt.«

»Todesursache?«

»Noch nicht geklärt«, sagte Nicole.

»Wir haben also drei überraschend früh Verblichene in der Generation der Urgroßeltern, dann ein paar unauffällige Jahrzehnte und neuerdings das unnatürliche Ableben des Anton Zerbrigg.«

»Und nicht zu vergessen«, ergänzte Nicole, »den als Brauchtum nur unzulänglich kaschierten Saubannerzug der Zerbrigg-Söhne.«

»Bricht da eine alte Familienfehde auf?«

»Man muss sich die Frage stellen«, sagte Nicole.

Aus der Schankstube hörten sie das Geräusch scharrender Füße.

»Kundschaft!«, befahl Nicole den Detektiv nach unten, kam aber gleich mit, denn eine Pause würde ihr guttun.

Im »Schwarzen Kater« stand eine Frau unschlüssig herum. Sie hatte sich – wohl aufgrund der vielversprechenden Wetterprognose – bereits sehr sommerlich angezogen, ein auf den ersten Blick schlichter, auf den zweiten Blick raffinierter Petticoat-Rock mit Schottenmuster bedeckte lange, schlanke Beine knapp bis zum Knie, die Bluse aus schwarzer Seide verhüllte, was sie verhüllen musste, die Sandalen bestanden aus Lederstreifen im Westernstil, die einen festen Schuh vortäuschten. Magdalena Im Ager!

»Das ist eine erfreuliche Überraschung«, begrüßte Heinrich die Lötschentalerin, ohne ihren Namen zu nennen, den er bereits vergessen hatte. »Nehmen Sie doch Platz. Was führt Sie zu uns? Was möchten Sie trinken?«

»Mach dich nicht zum Affen«, flüsterte Nicole hinter dem Tresen, als sie eine Flasche Möhl Apfelwein öffnete, den unfiltrierten aus dem Thurgau.

»Ich wollte sehen, wie es sich in Bern lebt«, antwortete die Angesprochene.

»Deswegen sind Sie aus dem Wallis in den Breitenrain gefahren?«, staunte Heinrich.

Die Im Ager lachte. »Nicht doch. Ich hatte einen Termin bei ›Bern Tourismus‹. Wir vermissen ein wenig die Werbung für unser Tal und wollten nachbessern. Außerdem kaufe ich gerne in der Stadt ein.«

Sie nahm den Apfelwein entgegen und trank einen großen Schluck gegen den Durst.

»Ich dachte, die Walliser vertragen nur Weißwein«, bemerkte Müller.

»Haben Sie im Lötschental irgendwo eine Traube gesehen?«, gab sie zurück.

»Das nicht. Aber auch nicht wahnsinnig viele Apfelbäume.«

Magdalena Im Ager zuckte mit den Augenbrauen.

»So ganz zufällig werden Sie nicht hier sein«, schloss Nicole, »auch wenn Sie einen Termin in der Stadt hatten.«

»Sie haben natürlich recht«, erwiderte Magdalena. »Vielleicht kann ich Ihnen behilflich sein?«

»Inwiefern?«, erkundigte sich Müller vorsichtig.

»Wissen Sie, die Herausforderung in meinem Job ist die folgende: Man sollte als Tourismusdestination eine weltweite Ausstrahlung haben und gleichzeitig lokal akzeptiert werden.«

Nicole warf ein: »Ein beinahe unmöglicher Spagat.«

»Das stimmt. Man muss da so einiges unter einen Hut bringen. Im Januar zum Beispiel hält die Grüne Partei die Ortschaft Kippel in Beschlag. Seit Jahren treffen sie sich dort zu ihrer Retraite.«

»Bestimmt Gegner des ›Lötschenblicks‹«, erkannte Heinrich.

»Bestimmt. Aber ein Wochenende voll grüner Politiker und ein biologisch geführtes Restaurant ernähren nicht das ganze Tal. Noch nicht einmal der Familientourismus. Haben Sie sich einmal über die Hotelinfrastruktur informiert? Ich rede von Betrieben, die Wertschöpfung generieren, nicht von ›kalten Betten‹ in verlassenen Alphütten und chaletartigen Neubauten.«

»Haben wir nicht, nein«, sagte Nicole.

»Die alltägliche Kleinarbeit reibt einen auf, die internationale Ausrichtung des Tourismus überfordert eine gewachsene Talschaft. Unvermeidlich, dass man dem einen oder andern auf die Zehen tritt. Und dann sind sie ein bisschen nachträglich, die Lötschentaler. Sie vergessen nicht so schnell.«

»Gibt es also Ereignisse, die Generationen zurückliegen und Auswirkungen bis heute haben?«, erkundigte sich der Detektiv.

»Möglich«, sagte Magdalena. »Sehr wahrscheinlich. Diejenigen, die die Alpweiden für die Sömmerung genutzt haben, und diejenigen, die vom Ferienhäuschenboom profitieren, sind nicht dieselben. Die Alphütte ist sozusagen zum touristischen Bordell geworden, das von einer unersättlichen Vergnügungsindustrie missbraucht wird.«

Nicole schluckte leer.

»Harte Worte!«

»Man wird Realistin«, erklärte die Im Ager. »Ich habe letztlich ein Produkt zu verkaufen.«

»Bei diesem Verkauf«, fragte Heinrich, »wäre da ein ›Lötschenblick‹ hilfreich?«

»Zumindest würde es eine internationale, zahlungskräftige Klientel anlocken, die heute das Tal meidet. Und ein paar Neugierige dazu. Aber die Fragen sind immer dieselben: Gibt es eine vernünftige Relation zwischen Investition und Ertrag, und wie viel öffentliches Geld fließt in das Projekt? Wenn die Politiker nicht nur auf ihr Eigeninteresse achten würden, könnten sie Quoten festlegen, zum Beispiel für den Anteil, der an Wertschöpfung im Tal generiert werden muss, Handwerker, die beim Bau und beim Unterhalt beschäftigt werden, Zulieferer, die berücksichtigt werden müssten.«

»Und was ist Ihre Einschätzung?«

»Schwer zu entscheiden. Einerseits ist das Projekt faszinierend. Keine flächendeckende Überbauung wie in Andermatt, kein reines Protzobjekt wie der 300-Meter-Turm in Vals. Aber exklusiv genug und schön in die Landschaft eingepasst. Als Touristikerin könnte ich damit leben.«

»Und als Lötschentalerin? Sie haben sich in Kippel kritisch zum Projekt geäußert«, sagte Nicole.

»Als Steuerzahlerin lehne ich es ab, weil ich keine Möglichkeit einer vernünftigen Rendite sehe. Und man würde mich wahrscheinlich als Hexe verbrennen, sobald ich laut von der Ästhetik des Hotels spräche.«

»Das Projekt ist also einen Mord wert?«

»Mehr als einen. Es ist eine Todsünde. Und wie jede Sünde erweckt es ein gerüttelt Maß an unerfüllter Begierde!«

MITTWOCH, 3. JUNI 2015

Nicole und Heinrich saßen beim Frühstück. Der Detektiv machte einen eher zerrütteten Eindruck.

»Schlecht geschlafen?«, erkundigte sich Nicole.

»Schlecht geschlafen!«, brummte der Angesprochene.

»Es liegt an der Feuchtigkeit und den steigenden Temperaturen«, erklärte Nicole. »Wir hatten eine Tropennacht.«

Müller rieb seine Tränensäcke.

Nicole doppelte nach: »Es gilt immer noch der Spruch aus den 70er-Jahren: ›Wer am Morgen zerknittert aufwacht, hat tagsüber die besten Entfaltungsmöglichkeiten.‹«

»Schön«, sagte Heinrich, mäßig erleichtert. »Kennst du die Zeichen dafür, dass man in der zweiten Lebenshälfte ist?«

»Noch nicht«, antwortete Nicole.

»Die Sprüche beginnen sich zu wiederholen. Und die Träume auch.«

»Was hast du denn geträumt?«

»Ich war mit dem Auto unterwegs in den Bergen. Ich fuhr mit einer bestimmten Absicht, die mir aber nicht enthüllt wurde, eine Passstraße hoch. Das ganze Feriengepäck lag im Kofferraum, daneben aber auch ein Koffer, der eine Anzahl von Wertgegenständen enthielt – kleine Goldbarren, teure Ringe und einiges mehr. Unvermutet hielt ich an einer Ausweichstelle im Wald, wo sich ein alter Streukieskasten aus Holz befand, dessen Deckel nur angelehnt war. Warum, weiß ich nicht, aber ich musste den Koffer mit den Wertgegenständen in diesem Kasten deponieren und eine alte Militärwolldecke darüber legen. Dann setzte ich meine Fahrt fort.«

»Beunruhigend. Und so was wiederholt sich?«

»Nicht ganz. Gestern nun kam ich nach meiner Reise aus den Bergen wieder hinunter und fuhr denselben Pass abwärts, da mir klar war – ich hatte keinen eigentlichen Auftrag –, dass ich meinen Koffer vor der Wintersaison zurückholen musste, bevor der Kies gebraucht wurde. Ich hielt also an jener Ausweichstelle an und fand das ganze Depot genauso wieder, wie ich es verlassen hatte. Nicht angetastet. Ich nahm den Koffer an mich und fuhr hinunter nach Bern.«

»Definitiv zweite Lebenshälfte«, moserte Nicole, »in der ersten träumt man nicht von zurückgelassenen Koffern …«

In diesem Augenblick läutete das Telefon. Nicole begab sich an die Bar, nahm den Anruf entgegen, trug den Hörer zu Heinrich und kündigte an: »Der Museumsmann aus dem Wallis. Du sollst ihm gratulieren.«

»Wozu?«

»200 Jahre Wallis in der Eidgenossenschaft.«

Heinrich schüttelte den müden Kopf und nahm den Hörer entgegen.

»Nein, nicht du sollst mir gratulieren«, hörte er die Stimme von Gabriel Furer. »Die Frau lässt einen nicht ausreden. Ich wollte sagen, das Wallis habe anlässlich seiner 200-jährigen Zugehörigkeit zur Schweiz ein Geschenk erhalten.«

»Aha«, sagte der Detektiv. »Was? Und wer ist ›das Wallis‹?«

»Kurz angebunden heute? Üsserschwiizer Wein getrunken gestern?«

Es artete zu einer Konversation aus gegenseitigen Fragen aus.

»Du zuerst«, brummte Müller.

»Gut. In der letzten Nacht hat jemand vor dem Eingang des Lötschentaler Museums zwei Kisten deponiert.«

»Mit einer Wolldecke darüber?«, fragte Heinrich.

»Wie, ›mit einer Wolldecke‹? Nein, ohne Wolldecke! Was ist bloß mit dir los?«

»Schon wieder zwei Fragen«, reklamierte Müller. »Was ist in den Kisten drin?«

»Ihr solltet es euch ansehen«, erklärte Gabriel Furer mit knapp verhaltenem Stolz. »Es sind die gestohlenen Gegenstände aus dem Alpinen Museum!«

»Alle?«, fragte Müller perplex.

»Das weiß ich nicht genau«, antwortete der Kurator. »Deshalb solltet ihr es euch ansehen. Morgen?«

»Klar. Wir sind gegen Mittag vor Ort«, erwiderte Müller. »Irgendeine Ahnung, wer …«

»Eine ganz klare Ahnung«, sagte Furer.

»Wieder die Zerbrigg-Jungs?«

»Es kommt wohl sonst niemand infrage.« Gabriel zögerte. »Es lag ein handgeschriebener Zettel dabei. ›Wir geben zurück, was uns nicht gehört‹, steht darauf, und: ›Mit Mord haben wir nichts am Hut!‹«

»Etwas pathetisch«, analysierte der Detektiv. »Du lässt die drei verhaften?«

»Heute Nachmittag noch«, bestätigte der Kurator.

Heinrich unterbrach die Verbindung und rapportierte Nicole den Inhalt des Gesprächs.

»Warum fahren wir nicht sofort? Wir wären in spätestens zwei Stunden in Kippel«, jammerte Nicole.

»Sie werden ihre Gründe haben«, erklärte Müller. »Wir

können von Glück reden, dass sie uns überhaupt informieren. Schließlich wäre es die Angelegenheit der Walliser Polizei, und der Dienstweg heißt Markus Forrer. Das kann tagelang dauern.«

Heinrich hatte das Hemd ausgezogen, weil es bereits so heiß war.

Nicole betrachtete ihn missbilligend, bevor sie sagte: »Die Wampe könntest du etwas wegtrainieren.«

»›Könntest‹ ist ein Konjunktiv II«, dozierte der Detektiv.

Auf seinem Rücken hatte sich eine Fliege niedergelassen, die nun hin und her wanderte. Das leise Kitzeln der flinken Beinchen war ein überaus angenehmes Gefühl, wie eine Feen-Massage.

Nicole stöhnte auf.

»Wusstest du, dass man für den letzten Schleifgang eines Rasiermessers Walrossnackenleder benötigt?«

Nicoles Nackenhaare sträubten sich, bevor sie sagte: »Lenk nicht ab. Du hast dich noch nie nass rasiert!«

DONNERSTAG, 4. JUNI 2015

Nicole konnte es kaum erwarten, das Diebesgut in Augenschein zu nehmen, Sie hatte Heinrich so lange bearbeitet, bis er am frühen Morgen mit ihr in seinen anthrazitgrauen Opel Astra gestiegen war und in Kandersteg ein Ticket für den Autoverlad durch den alten Lötschbergtunnel gekauft hatte. All seine Beteuerungen, sie könnten die gestohlenen Objekte wohl nicht gleich mitnehmen, das Museum würde schon für einen geregelten Transport sorgen, wurden von der Anthropologin in den Wind geschlagen.

So kamen sie denn viel zu früh in Kippel an und genehmigten sich auf der Terrasse des Hotels »Bietschhorn« einen Kaffee. Die Wiese hinter dem Haus prahlte mit allen möglichen Frühlingsblumen, die Steine nahmen die Wärme der Sonne auf, das Leben hätte fröhlich und gemütlich sein können. Wenn da nicht Nicoles Sorge um die wieder aufgefundenen Gegenstände gewesen wäre.

Endlich standen sie vor der Eingangstür des Lötschentaler Museums und wurden von Gabriel Furer hereingebeten.

»Wo?«, stammelte Nicole Himmel.

Heinrich zuckte die Schultern und sah über die Nervosität seiner Kollegin hinweg.

Im Parterre hatte der Kurator die Verkaufstische des Museumsshops freigeräumt. Bücher, Sirup, Likör, Kleinmasken und Murmeltiersalbe standen auf der Kassentheke. Die Objekte aus den beiden Kisten lagen säuberlich aufgereiht nebeneinander.

»Hast du die Liste dabei?«, fragte Gabriel.

»Nein«, erwiderte Nicole, »aber meine Augen und mein Gedächtnis.«

Dann ging sie die Gegenstände Stück für Stück durch und atmete sichtlich erleichtert auf.

»Alles vorhanden?«, fragte Furer vorsichtig.

»Nein«, antwortet die Anthropologin. »Aber das Wichtigste ist da. Die Leihgaben für die kommende Ausstellung sind vollständig. Die Glasnegative wahrscheinlich auch. Einzig bei der Sammlung Goldstern fehlt etwas.«

»Was?«, fragte der Kurator besorgt.

»Die wesentlichen Teile sind vorhanden. Der Bessaner Teufel ohne Beschädigung. Die Spielsachen ebenso. Aber die Tesseln fehlen.«

»Die Tesseln?«, staunte Heinrich. »Ich habe gemeint, die hätten keinen Wert?«

Furer sagte: »Das ist richtig. Sie haben keinen Verkaufswert. Aber vielleicht haben sie einen Nutzwert?«

»Wie das?«, wunderte sich selbst Nicole. »Sie sind über 100 Jahre alt und seither nicht mehr in Gebrauch gewesen. Welchen Wert sollten sie darstellen?«

»Keine Ahnung«, erklärte Gabriel Furer. »Es muss jedoch einen Grund dafür geben, weshalb die Diebe sie behalten haben.«

»Die Zerbrigg-Brüder?«, fragte Heinrich, um sicherzugehen.

»Ja. Man hat sie noch gestern verhaftet. Der Jüngste war auf dem Sprung nach Rom, zurück in die Schweizergarde. Mal sehen, was die sagen, wenn sie hören, dass er am Diebstahl einer Muttergottesstatue beteiligt war.«

»Haben sie den Einbruch gestanden?«

»Soweit ich aus Sitten erfahren habe, ja. Aber sie haben erneut beteuert, sie hätten niemanden getötet.«

»Ein negatives Bekenntnis lässt sich schwer beweisen«, murmelte Nicole, die weiter die Kunstgegenstände auf Spuren des Diebstahls hin untersuchte. »Die alten Ägypter haben auf ihrem Weg in die Unterwelt ein negatives Glaubensbekenntnis abgelegt, indem sie den Wächtern eine Liste abgeliefert haben, auf der stand, was sie in ihrem Leben alles nicht getan hätten. Ziemlich unergiebig.«

»Die Marienstatue könnte mit dem Lötschental zu tun haben«, sagte Müller, der die Holzfigur in seine Hände genommen hatte.

»Leg sie wieder hin!«, herrschte seine Partnerin ihn in ungewohnt scharfem Ton an. »Feuchtigkeit und Schweiß in Kombination mit Sauerstoff können das 800 Jahre alte Holz massiv beschädigen.«

Furer beruhigte die Situation, als er sagte: »Es müsste jedoch irgendwo ein Diebstahl dokumentiert sein. Mir ist keiner bekannt.«

»Und wenn sie von der Schattseite des Tales stammen würde, aus dem Siedlungsgebiet der Schurtendiebe?«, fragte der Detektiv.

»Gute Idee«, erklärte Gabriel, »aber leider schwer nachzuvollziehen, da keine Dokumente existieren und auch keine archäologischen Funde, die auf eine Kapelle dort drüben hinweisen würden, schon gar nicht aus dem Mittelalter.«

Müller wollte wissen: »Dazu haben die Jungs keine Aussage gemacht? Sie müssten doch die Geschichten aus dem Tal kennen.«

»Offenbar nicht. In Sitten haben sie wohl nicht danach gefragt, denn sie haben nicht unseren Wissensstand«, meinte der Kurator. »Man wird sie nicht allzu lange festhalten. Vielleicht sind sie uns gegenüber gesprächiger? Immerhin haben sie ein schlechtes Gewissen, denn sie haben den Großteil der Beute zurückgebracht.«

»Als Spur bleiben also nur die fehlenden Tesseln«, stellte Nicole fest.

»Genau.«

»Wir wissen jetzt immerhin, dass es eine Verbindung zwischen dem Einbruch ins Alpine Museum und dem Lötschental gibt.«

Heinrich sagte: »Damit ich das richtig verstehe, brauche ich eine Einführung ins Thema.«

Nicole begann: »Du kennst doch das Sprichwort ›etwas auf dem Kerbholz haben‹?«

»Klar«, erwiderte Müller. »Es bedeutet, jemand hat ein Unrecht begangen und es noch nicht wieder gutgemacht.«

»Schon. Aber grundsätzlich bedeutet es einfach einen Eintrag, der auf Dienstbarkeiten oder Ansprüche hinweist.«

Gabriel Furer erläuterte: »Ein Kerbholz oder eine Tessel, wie wir es im Wallis nennen, ist eigentlich eine Urkunde. Sie wurden verwendet, damit Leute, die weder schreiben noch lesen konnten, über gewisse Dinge Bescheid wussten. Man hat diese Zählhölzer seit dem Mittelalter vor allem auf den Alpen benutzt. Sie legten zum Beispiel fest, wie viele Vieheinheiten jemand sömmern durfte. Oder welchen Anteil an den Wasserrechten ein Bauer hatte.«

»In den trockenen Gegenden an den steilen Südhängen von großer Bedeutung«, ergänzte Nicole, »besonders dort, wo es um die Wasserverteilung mittels Suonen oder Bisses, wie die Welschen sagen, ging. Wenn man wissen musste, wer wann und wie lange einen Wasserschieber zu seinen Gunsten bedienen und das kostbare Nass auf seine Felder leiten durfte.«

»Im Lötschental wurden Tesseln häufiger gebraucht als in andern Regionen. Sie dienten auch für viele Alltagsdinge. Jede Familie hatte ihr bestimmtes Hauszeichen. Es bestand aus einer Kombination von Strichen und Punkten und wurde auf ihren Hölzchen festgehalten. Man hatte also Ansprüche und Pflichten. Wer darf wann das Backhaus nutzen? Wie viele Arbeitstage musst du auf der Alp noch ableisten? Im Prinzip wie der Bierteller, auf dem die Anzahl konsumierter Gläser abgestrichen wird. Etwas komplizierter sehen die Feuertesseln aus, die mit einer ganzen Reihe von Hauszeichen gekerbt sind und anzeigen, wer in welcher Nacht Brandwache halten musste. Am nächsten Morgen wurde die Tessel dann an den nun verantwortlichen Haushalt weitergereicht. Das wirklich Interessante daran ist, dass Leistungen nicht mit Geld abgegolten wurden. Die Tesseln selber dienten als Zahlungsmittel. Sie konnten eigentlich immer in Umlauf gehalten werden und verloren nie an Wert. Sie konnten auch vererbt oder verschenkt werden, aber sie wurden grundsätzlich nicht gegen Geld verkauft.«

»Das bedeutet, dass alle jemals hergestellten Tesseln nach wie vor einen Wert besitzen. Auch die in den Museen?«, fragte Müller.

»Theoretisch ja«, sagte der Kurator. »Es ist so. Die beiden Vertragspartner nehmen ein Stück Holz und kerben es nach einem vorgegebenen Muster ein. Am Schluss wird der Stab in der Mitte durchgesägt, sodass beide Parteien ein identisches Gegenstück besitzen. Du kannst also deine Tessel – falls sie einen Wert hat und keine Pflicht notiert – so lange einlösen, wie ein Gegenstück vorhanden ist, das einem Schuldner gehört.«

»Oder du bleibst eine Leistung schuldig, bis jemand sie einfordert«, sagte Nicole, »was aber in einer Talschaft, in der die Menschen eng zusammenleben und aufeinander angewiesenen sind, nicht gern gesehen ist.«

»Und wenn jemand seine Kerbhölzer wegwirft oder sie ins Museum gibt?«, fragte Heinrich schlau. »Dann fehlt ja das Gegenstück. Wurden sie deswegen geklaut?«

»Nein«, erklärte Gabriel, »nicht im Wallis. Die Alpweiden bestehen zwar aus einzelnen Besitzrechten, unterstehen jedoch dem Gemeinrecht. Das heißt, was einer schuldet, schuldet er der Gemeinschaft. Deswegen werden die Gegenstücke der Tesseln von einer Art Alpvogt verwaltet und aufbewahrt, bis die entsprechenden Rechte eingefordert werden. Das sogenannte Alpscheit ist ein langer Stab, der die Alprechte festhält. Er besitzt viele Aussparungen, in die die einzelnen Familientesseln eingefügt werden können. Vernichten kannst du ein Kerbholz also nur, wenn du beide Teile vereinigst und somit neutralisierst. Ein wenig anders ist es zum Beispiel mit den Feuertesseln. Seit es im Tal eine Feuerwehr gibt, wird die Aufgabe Brandschutz von den Gemeinden wahrgenommen, und die Tesseln haben ihre Funktion verloren.«

Furer griff in eine Schachtel, die hinter ihm auf dem Tresen beim Empfang lag, und nahm einige hölzerne Gegenstände heraus. Dann fuhr er fort: »Hier haben wir zwei Beispiele für unterschiedliche Tesseln. Sie stammen aus unserer eigenen Sammlung. Auf diesem Holzbrettchen, das die Gemeindearbeiten festlegt, sieht man hieroglyphenartige Figuren, die Gegenständen entsprechen, hier ein Winkel, da eine Breitaxt oder eine Goldwaage. Und auf diesen Alprechttesseln findest du Hauszeichen, die Familien benennen, zum Beispiel ein K mit einem Punkt für ›Kalbermatten‹, und daneben werden mit einer Anzahl von Ganz- oder Halbstrichen in unterschiedlicher Dicke die Alprechte festgehalten. Dieses stuhlähnliche Zeichen gehörte Josef Ebener aus Blatten, der 4 ¾ Alprechte besaß.«

»Nun bleibt aber die Frage«, sagte der Detektiv, »welche Rechte derart bedeutend sind, dass sie einen Einbruch oder gar einen Mord in der heutigen Zeit rechtfertigen.«

»Dafür gibt es eigentlich nur zwei Erklärungen«, sagte Furer: »Schürfrechte oder Eigentumsrechte.«

»Schürfrechte?«, fragte Nicole.

»In Ferden gab es neben den Blei- und Zinkgruben von Goppenstein Anthrazitgruben, in denen lange Jahre, vor allem bei Mangel wie in Kriegszeiten, Kohle abgebaut wurde. Das wäre zumindest ökonomisch interessant.«

»Oder«, schrie die Anthropologin auf, »es geht um Besitzanteile oder Alprechte an der Faldumalp, wo der ›Lötschenblick‹ gebaut werden soll!«

»Gerade eben hast du gesagt, dass man Alprechte nicht verkaufen kann«, sagte Müller. »Wie soll man sonst einen Rechtsanspruch begründen?«

»Vielleicht hat man sie weitergegeben?«, mutmaßte Nicole. »Könnten wir an den Tesseln sehen, ob die Familienzeichen geändert worden sind?«

»Ohne Originale geht gar nichts«, erklärte Gabriel. »Auf einem Alpscheit könnte man eine Änderung erkennen. Falls wir es jedoch mit einfachen Tesseln zu tun haben, könnte man auch schlicht ein Paar neue gemacht haben. Hingegen finde ich die Idee mit den Alpanteilen bedenkenswert.«

»Möglicherweise gab es für die Tesseln kein Geld, sondern eine Gegenleistung«, überlegte Nicole.

»Zum Beispiel?«

»Fahrkarten für das Auswandererschiff nach Übersee?«

Müller schlug vor: »Befragen wir die Jungs!«

»Ich rufe in Visp an. Innelor und Hans sollen sie aus dem Untersuchungsgefängnis in Sitten abholen und hier vorbeibringen!«

»Guter Mann«, erklärte Nicole und ließ Gabriel Furer eine ihrer unnachahmlichen Umarmungen zukommen.

Es dauerte zwei Stunden, bis Hosenden und Jennitz mit den Zerbrigg-Brüdern in Kippel ankamen. Bernhard, Georg und Wendelin sahen aus wie Drillinge mit asymmetrischen Gesichtern, alle mit demselben vollen, braunen Haar und dem Scheitel rechts der Mitte, alle mit der gleichen, gegen den Mund hin kräftigeren Nase und den gletschergrauen Augen. Zwei trugen olivgrüne T-Shirts, und der Jüngste, der mit den dicksten Lippen, hatte ein rot-schwarzes Karo-Hemd angezogen, das nach der Nacht im Untersuchungsgefängnis leicht zerknittert war.

Sehr gesprächig waren sie am Anfang nicht.

Erst als Gabriel Furer ihnen vorwarf: »Ihr habt nicht alles zurückgebracht!«, nahm man beim ältesten der Brüder eine Regung wahr.

»Es fehlen die Tesseln«, ergänzte der Kurator. »Wofür habt ihr sie gebraucht?«

Bernhard Zerbrigg entschloss sich zu reden.

»Wir haben sie verkauft.«

»Alle?«

»Nein, etwa ein Drittel davon. Die andern liegen bei mir zu Hause.«

»Nicht besonders auskunftsfreudig«, stellte Nicole fest. Sie wandte sich an den Polizisten aus Visp: »Frag sie bitte, was sie mit dem Tod ihres Vaters zu tun haben.«

Der Jüngste, Wendelin, lachte. »Ihr wollt uns doch nicht wirklich die Schuld daran zuschieben? Wir waren ja nicht einmal auf der Alp.«

»Aber ihr betont bei jeder passenden und unpassenden Gelegenheit, dass ihr mit Mord nichts am Hut habt«, stellte Müller fest. »Wovon wollt ihr ablenken?«

»Also, mit Mord meinen wir doch nicht unseren Vater«, sagte Georg, der Mittlere.

»Das ist aber der einzige Tote im Lötschental«, erklärte die Hosenden. »Was könntet ihr denn sonst gemeint haben?«

»Schon vergessen«, spuckte Bernhard, »dass es am Oeschinensee einen Mord gegeben hat?«

»Nein, haben wir nicht vergessen«, meinte der Detektiv. »Allerdings hat euch bisher niemand damit in Zusammenhang gebracht. Deshalb gab es keinen Anlass, sich davon zu distanzieren. Aber wenn ihr selber oft genug darauf hinweist …«

Wendelin Zerbrigg wurde nervös.

»Ich habe euch davor gewarnt«, wandte er sich an seine Brüder, »dass sie uns das in die Schuhe schieben.«

»Informationen«, forderte Nicole, »kein Geschwätz! Weshalb sollte der Tote am Oeschinensee etwas mit dem Lötschental zu tun haben?«

»Ihr wisst ja wohl gar nichts«, beklagte sich Georg. »Amateure!«

»Klärt uns auf!«, verlangte Nicole.

»Kurt Arnold«, presste Georg den Namen heraus, »war doch im Verwaltungsrat von ›Lötschenblick‹. Er hat für die Firma die Lobbyarbeit im Bundeshaus gemacht, damit der Luxusbau als reines Hotel durchgeht und nicht dem Zweitwohnungsgesetz unterliegt, selbst wenn ein bedeutender Teil des Komplexes aus Ferienwohnungen bestehen wird.«

»Wie sollte er das tun?«, wollte Furer wissen. »Die Abstimmung ist vorbei.«

»Aber das Gesetz war nicht zu Ende beraten, als Arnold noch gelebt hat«, sagte Wendelin. »Man muss nur den Termin der Inkraftsetzung lang genug hinauszögern. Das reicht, und es fällt bei diesem langatmigen Betrieb nicht wirklich auf. Wenn alle Baubewilligungen noch in diesem Jahr erteilt werden, kann man immer wieder behaupten, man sei rechtlich korrekt vorgegangen, denn das im Frühling 2015 endlich beschlossene Gesetz gilt erst ab Anfang 2016.«

»Dann hätte jemand Kurt Arnold umgebracht, der das Gegenteil wollte, also ein Kritiker des Bauprojekts«, schloss Nicole.

»Liegt auf der Hand.«

Wendelin schnäuzte.

»Euer Vater war einer von ihnen«, erkannte Jennitz.

»Lassen Sie ihn aus dem Spiel. Er ist tot.«

»Die ganze Familie Zerbrigg gehört doch zu den Gegnern, habe ich gehört«, sagte Furer.

»Nun ja«, erklärte Wendelin, »in der Öffentlichkeit kommt es so rüber, weil unser Vater jeweils an der Jahrestagung der Grünen Partei teilnahm und im Hotel ›Bietschhorn‹ verkehrte, das als umweltbewusstes Lokal bekannt ist. Man nimmt automatisch an, dass sich dort die Kritiker des Bauprojekts treffen.«

»Da gehen wir auch hin zum Mittagessen und zum Feierabendbier«, sagte Gabriel. »Die Terrasse ist einfach der schönste Platz im Ort. Ist das bereits ein politisches Statement?«

»Je nachdem, wen Sie fragen«, meinte Georg.

»Gut«, fuhr der Detektiv fort, »mal angenommen, ihr habt mit Morden nichts zu tun. An wen habt ihr die Tesseln verkauft?«

»Nun sag's schon«, forderte Georg seinen Bruder auf.

»Lasst euch die Würmer nicht einzeln aus der Nase ziehen, wenn ihr wollt, dass wir euch Glauben schenken«, doppelte Nicole nach.

»An ›Lötschenblick‹«, sagte Bernhard.

Es folgte ein Augenblick meditativer Stille. Irgendwo im Museum fiel eine Holzkuh um.

»Das müsst ihr uns aber erklären!«, verlangte Innelor und schüttelte ihre schwarze Lockenpracht vor Erstaunen.

»Eigentlich ist es ganz einfach«, erzählte Bernhard. »Die Tesseln begründen Alprechte, also einen Anteil Eigentum am Gemeinrecht.«

»An der Faldumalp?«, fragte Hans Jennitz.

»Wer weiß das schon. Hauptsache, man glaubt daran. Wir haben uns also bei der Geschäftsleitung von ›Lötschenblick‹ angemeldet und haben unsere Ansprüche deponiert. Es funktionierte reibungslos. Man wollte uns so schnell wie möglich wieder loswerden. Zwei Tage später lagen drei Millionen Franken auf unserem Konto.«

»... und ich habe die Tesseln vorbeigebracht«, erzählte Wendelin stolz.

»Drei Millionen«, der Kurator pfiff durch die Zähne, »ein schöner Batzen für wertloses Holz.«

»Der Glaube bestimmt den Wert«, sagte Wendelin, und er als Schweizergardist musste es wissen, er war nahe genug dran am Glauben und seiner imaginationsfördernden Macht.

»Am Sonntag kommt erst noch die Abstimmung«, ergänzte Bernhard.

»Welche Abstimmung?«, fragte Nicole.

»Der Kanton Wallis befindet über den Beitrag an die Infrastrukturkosten, Seilbahn, Wasserver- und -entsorgung, Parkhaus und Zubringerstraßen«, erklärte Jennitz.

»Ihr habt also schon mal drei Millionen eingestrichen, bevor die Umsetzung des Projekts gesichert ist«, stellte Müller fest. »Clever. Und dennoch ein bisschen zu nah am Mord dran.«

»Etwas ist mir noch nicht ganz klar«, sagte Nicole. »Ich habe zwar verstanden, dass ihr die Tesseln gebraucht habt, um sie zu verkaufen. Aber wozu habt ihr den ganzen Rest gestohlen? Gab es dafür auch Abnehmer?«

Bernhard blickte hoch und erklärte: »Das war ein strategischer Diebstahl. Wir wollten ablenken von dem, was uns wichtig war.«

Wendelin ergänzte: »Und nachdem das Geld für die Tesseln geflossen war, mussten wir uns um die andern Gegenstände nicht mehr kümmern. Also haben wir sie zurückgebracht.«

Bernhard rollte mit den Augen.

»Und womöglich noch geglaubt, dass man euch wegen ein paar Tesseln in Ruhe lassen würde.« Heinrich wunderte sich über die Naivität des Schweizergardisten.

Nicole nahm ihre Familienaufstellung zur Hand und legte sie auf den einzigen freien Tisch.

»Damit ich sie komplettieren kann«, erklärte sie, »bräuchte ich noch eure Berufe. Sie las vor: Bernhard Zerbrigg?«

Der Angesprochene antwortete: »Studiert Anthropologie in Bern.«

»Und hat deshalb einen Draht zum Alpinen Museum?«

»Zumindest was die alpine Volkskunde betrifft«, brummte er. »Er hat auch ein Praktikum vor Ort gemacht und kennt die Verhältnisse.«

»Georg Zerbrigg?«

»Studiert in Bern Pharmazie.«

»Die beiden Diebe also?«

»Ich würde eher sagen ›Befreier‹«, antwortete Georg.

»Und der Jüngste, Wendelin, wäre dann also der Schweizergardist. Das wissen wir ja bereits seit dem Fluchtversuch nach Rom. Und der Vater vor seiner Rente?«

»Besaß ein Bauunternehmen. Ist aber vor ein paar Jahren Konkurs gegangen«, brachte Georg zu Protokoll.

»Die Mutter?«

»Geschieden. Sie lebt in Genf. Alle andern Verwandten der direkten Linie sind verstorben.«

»Der Urgroßvater Niklaus Zerbrigg ist nur 27 Jahre alt geworden. Irgendwelche Informationen darüber?«

»Nichts Genaues«, erwiderte Georg. »Er ist beim Bau des Lötschbergtunnels ums Leben gekommen. Es gab damals viele Gerüchte. Aber das ist über 100 Jahre her.«

»Und die Familie Brand?«, wollte Nicole wissen. »Da leben auch nur noch zwei. Regina Brand ist ebenfalls früh verstorben.«

»Die Hexe!«, zischte Wendelin ohne Hang zum christlichen Vergeben.

»Möchtet ihr uns etwas darüber mitteilen?«

»Alte Geschichten«, warf Bernhard ein und bedeutete seinen Brüdern zu schweigen.

FREITAG, 5. JUNI 2015

Drei Begriffe waren nach der Befragung der Zerbrigg-Jungs hängen geblieben: Hexe, Regina Brand und Lötschbergtunnel. Gabriel Furer hatte Nicole und Heinrich mit Literatur über die Hexenverfolgungen im Wallis eingedeckt. Er selber wollte alles Mögliche über die Doyenne der Familie Brand in Erfahrung bringen. Am nächsten Morgen würden sie sich zum Frühstück im Hotel »Bietschhorn« treffen.

So war es abgemacht, und für einmal kam nichts dazwischen, weder ein besonders schwer im Magen liegendes Essen noch irgendeine nächtliche Ruhestörung. Einzig eine dumpfe Unruhe lag über der ganzen Ermittlung, eine Ahnung vergangenen und kommenden Unheils, eine Stimmung, die einen vorwiegend in Bergtälern befällt, die beidseits von steilen Felswänden eingekesselt sind. Als ob sich die Gedanken dort besonders konzentrierten, die guten wie die bösen.

Ein Kellner mit traurigen Augen bediente sie heute. In der Gaststube war eine jodelnde Frau zu hören, irgendetwas zwischen melancholischen Inuit und Kuhhirten aus dem Sudan.

»Stefanie Heinzmann nach einer Psychotherapie?«, flachste Müller.

Der Kellner schaute ihn strafend an und holte eine CD-Hülle.

»Erika Stucky!«, blaffte er.

»Suicidal Yodels« stand auf der Hülle.

»Offenbar für einmal nicht weit von der Wahrheit entfernt«, sagte Nicole.

»Der Jules« hieß ein Jodel-Blues mit Volksliedcharakter und Unterstützung durch eine Handharmonika.

»Gefällt mir«, stellte Heinrich fest, »ein Ausdruck tiefer Verzweiflung, der zum eingeschlitzten Tal und zum Gesicht des Kellners passt.«

Während sie auf den Kaffee warteten, waberte eine abgekühlte, auf Banjobegleitung reduzierte Version von »Blueberry Hill« unter der Decke durch und verschwand aus dem Raum.

Gestern hatten sich die beiden Berner Detektive noch schlau gemacht. Sie waren in einem früheren Fall* bereits mit Hexenverbrennungen in Kontakt gekommen, die im Zusammenhang mit der Verfolgung der Waldenser in Fribourg standen. Nun entnahmen sie den vorliegenden Quellen, dass der Beginn der europäischen Hexenverfolgung in den savoyischen Alpen und deren Grenzgebieten zu suchen war. Dazu gehörten die Region um den Genfersee und die angrenzenden Täler, insbesondere das Wallis, das Aostatal und das obere Simmental, wo um 1400 von ersten Prozessen berichtet wurde. In denen unterschied man oft noch nicht klar zwischen Hexerei und Ketzerei, und es waren zu Beginn beide Geschlechter betroffen. Genaue Zahlen ließen sich aber nicht mehr ausmachen, zu viele Dokumente waren im Lauf der Jahrhunderte verloren gegangen.

Im Wallis begannen die bedeutenden Hexenverfolgungen um 1420. Sie gipfelten in einer ersten massiven Welle im Jahr 1428, die sowohl das deutsch- wie auch das französischsprachige Gebiet überrollte und der mindestens 100 Menschen zum Opfer fielen. Darüber hinaus wurde in Leuk,

---

* Paul Lascaux: »Gnadenbrot«

das damals unter der Gerichtsbarkeit des Bischofs stand, im selben Jahr eine »Verordnung der Landleute von Wallis über Hexenverfolgung« beschlossen. Sie wurde zum Leitfaden für alle späteren Gerichtsverfahren.

»Ein höchst interessantes Dokument«, berichtete Nicole nun.

»Definiert es, wer eine Hexe ist und was eine solche ausmacht?«, wollte Heinrich wissen.

»Es gab offenbar keine typische Hexe. Die Gerichtsbarkeit war damals schon – so seltsam dies für uns Nachkommende tönen mag – um Objektivität bemüht, natürlich in den Grenzen ihrer Vorstellungskraft und ihrer religiösen und weltlichen Abhängigkeiten. Sie definierte vier Tatbestände: Gotteslästerung, Sodomie, Zauberei und Ehebruch.«

»Keine Merkmale von Kräuterweiblein, Hebammen und weisen Frauen«, sagte Heinrich.

»Aber auch nicht von Teufelsverehrung oder religiösem Abweichlertum«, ergänzte Nicole. »Natürlich spielten Fragen nach dem Teufelspakt, nach sexuellem Umgang mit dem Teufel und der Teilnahme am Hexensabbat bei den Prozessen und bei den vorangehenden Folterungen eine Rolle. Aber genauso wichtig, wenn nicht in der alpinen Landschaft bedeutsamer, war die Frage nach dem Schadenzauber, der vor allem das Vieh betraf, also die Lebensgrundlage der bäuerlichen Bevölkerung.«

»Der Text, den ich gelesen habe, befasst sich eher mit der zweiten Hexenverfolgungswelle um das Jahr 1600, bei der wesentlich mehr Frauen betroffen waren und wo der Satanskult eine bedeutendere Rolle spielte. Offenbar hat die Kirche zu dieser Zeit einen größeren Einfluss ausgeübt«, sagte Müller.

»Das lässt sich erklären«, erwiderte die Anthropologin. »In den meisten primitiven Gesellschaften existiert irgendein Konzept von Magie, oft sogar von Schaden bringender schwarzer Magie. Aber der Glaube an den Teufel beherrscht ausschließlich die monotheistischen Religionen, die ihr Gutes von einem bösen Prinzip abhängig machen. Logischerweise müssen sie dieses auch bekämpfen.«

»Eine Zwangshandlung«, folgerte Heinrich.

»In der daraus resultierenden Prozessordnung gab es ein aus heutiger Sicht besonders perverses Element«, sagte Nicole. »Nach Abzug der Prozesskosten fielen die Güter der Verurteilten an die Richter, also hauptsächlich an die Vertreter der Kirche! Stell dir den psychologischen Druck vor, wenn man in einer kleinen Dorfgemeinschaft aufwächst und das Zeugnis oder die Denunziation Einzelner ausreicht, dich auf die Folterbank zu bringen oder gar als Ketzer oder Hexe zu verurteilen. Da genügt eine geringe Missstimmung, eine unbeglichene Schuld, ein aus unerklärlichen Gründen krankes Tier auf einer Alp oder eine Abwesenheit vom Gottesdienst zur falschen Zeit, um dich auf den Scheiterhaufen zu bringen.«

»Unerträgliche Gedanken.«

Inzwischen war der Kurator zu ihnen gestoßen und hatte den letzten Ausführungen zugehört.

Nicole fuhr fort: »Im Zusammenhang mit dem Hexensabbat tauchen oft auch Tanzplätze auf, die die Beschuldigten besucht haben sollen. Solche Tanzplätze wurden auch Synagogen genannt.«

»Das erinnert mich an Maurice Chappaz«, sagte Furer. »Er hat sich ausgiebig mit den Bräuchen im Lötschental befasst. Mal sehen, ob ich es noch zusammenbringe.« Er überlegte einen Augenblick. »Im Unter- und Mittelwallis nennt man die Geister, die sich mit Lauten der Natur bemerkbar machen, auch die ›Judenschule‹. Ihr wird nachgesagt, dass dort die Hexen und Teufel in allen perversen Dingen unterrichtet würden. Leider zieht sich das bis in die Neuzeit durch!«

»Es hat sich also nicht alles zum Guten gewandelt«, schloss der Detektiv. »Eine wesentliche Verbesserung der Rechtsordnung brachte erst das Folterverbot, sodass niemand mehr zu Falsch- oder Gefälligkeitsaussagen gezwungen werden konnte.«

»Die Angst vor Schadenzauber und die Aussicht, dörfliche Konflikte zu lösen, waren bedeutsame Gründe für das Gutheißen von Hexenprozessen durch die einfachen Leute. Den Gerichtsverfahren lagen immer Gerüchte und Denunziationen zugrunde«, sagte Nicole. »Allerdings brauchte es immer noch einen unumstößlichen Beweis, bevor jemand ermordet werden konnte. Die sexuelle Berührung des Teufels führte zum Hexenmal, ein Zeichen, das der Teufel nach dem Pakt auf die Haut drückte, meist als auffälliges Muttermal oder als schmerzunempfindliche Stelle, in die man mit einer Nadel stechen konnte. Man suchte es ausgerechnet unter dem Rock beim Hosenband …«

»Nun gut«, wandte Müller ein, »dort befinden sich normalerweise auch die Organe, die zum Geschlechtsverkehr beitragen.«

»Aber diese Untersuchung diente doch eher den perversen Gelüsten männlicher Richtergremien.«

»Wir sind da in eine tiefen Sumpf geraten«, seufzte Furer.

»Was mich immer wieder beschäftigt«, wandte Heinrich ein, »ist das Thema Schatten und Licht. Nehmen wir an, die Hexenprozesse sind die Schatten, die eine Gesellschaft wirft. Du wirst also verurteilt, weil du Schadenzauber betrieben hast und ein Kalb dadurch gestorben ist. So etwas wird in den Akten dokumentiert. Niemals aber tauchen erfolgreiche Heilungen auf, denn weshalb hätte man damit zum Richter gehen und eine Person denunzieren sollen? Wir haben also keine Kenntnis davon, wie häufig Behandlungen von Tier und Mensch erfolgt und wie häufig sie gelungen sind. Wir können nur an der Anzahl der Prozesse wegen Schadenzaubers ermessen, dass es hier eine unglaublich hohe Dunkelziffer geben muss.«

»Müsste eigentlich Hellziffer heißen, da es ja um erfolgreiche Heilungen geht«, erwiderte Nicole, um dann fortzufahren: »Eine Textstelle habe ich noch, und zwar im Original: ›Ouch so werent ir vil under inen, die der boeß geist leerte, das sie zuo woelffen wurdent, das sie selber duchte und nit anders wüßdin, wann das si woelff werint. Und wer si dann dozemalen sach, den duchte ouch nit anders, und erlueffent schaff, geiß und lember und assent die inn eines wolfes figur. Und wenn sie wollten, so wurden si wider zuo menschen alß vor.‹* Stammt aus dem Bericht von Hans Freund über die Hexenverfolgungen im Wallis von 1428. Man hat ihnen auch noch Kindstötung, Kannibalismus und anderes vorgeworfen. Die Frauen gestanden, sie hätten sich in Wölfe verwandelt, seien auf den Bergen und Alpen herumgezogen, hätten Schneewehen und Lawinen ausgelöst sowie das Vieh ihres Nachbarn geschädigt.«

Müller konstatierte: »Da haben wir die Ursache für die vermeintlich genetische Angst des Wallisers vor dem Wolf,

* »Es wären auch viele unter ihnen, die der böse Geist lehrte, wie sie zu Wölfen werden konnten, sodass es sie selber dünkte und sie es nicht anders wüssten, als dass sie Wölfe wären. Und wer sie dann dergestalt sah, den dünkte es auch nicht anders, und sie jagten Schafe, Ziegen und Lämmer und aßen sie in der Gestalt eines Wolfs. Und wenn sie wollten, wurden sie wieder zu Menschen wie zuvor.«

die heute in den Abschüssen einzelner eingewanderter Tiere wieder aufflammt.«

»Es ist zwar noch früh im Tag«, sagte Gabriel Furer und schnippte mit den Fingern. Bald darauf standen drei Gläser vor ihnen, in denen die Farbe des Weins zwischen zitronen- und goldgelb changierte. »Ein Humagne Blanche, Grand-maître 2009, von Gregor Kuonen aus Salgesch«, erklärte er, bevor er sich die Lippen leckte und die Nase ans Glas führte. »Schwer süßlicher Duft nach Zitrusfrüchten und Melonen« – er nahm einen Schluck – »der im Gaumen nachklingt mit einer deutlich gemäßigten Säure im Abgang. Der Wein ist auf dem Höhepunkt« – er schnalzte mit der Zunge – »und er soll euch zu neuen geistigen Höhenflügen bewegen. Er wurde früher den Wöchnerinnen gereicht, wenn sie nach einer schweren Geburt wieder zu Kräften kommen mussten.«

»Sozusagen ein Hexenwein«, meinte Nicole und kostete.

»Aber nun zu dir«, sagte Heinrich. »Was hast du im Dorf gehört?«

»Die Gerüchteküche brodelt«, erzählte er. »Es dreht sich alles um Regina Brand und den Bau des Lötschbergtunnels. Aber man muss die Aussagen durch ziemlich viele Filter ziehen lassen, dermaßen unerträgliche Schichten von Schmutz und Schlamm haben sich über die Ursprünge gelegt. Regina, die Königin, wieder ein Name einer frühen Heiligen, wie es so viele davon gibt in unserem Tal. Sie war die unbestrittene Doyenne der Familie, obwohl sie jung gestorben ist. Offiziell war es die Spanische Grippe nach dem Ersten Weltkrieg.«

»Mit welcher Begründung?«, fragte Nicole.

»Die Hexe?«, antwortete Gabriel. »Die Geschichte geht so: In Goppenstein lebten zur Zeit des Tunnelbaus über

3.000 Menschen, es war also das mit Abstand bevölkerungsreichste Dorf in der Gegend. Am 29. Februar 1908 ging im bekannten Lawinengebiet von Goppenstein eine Staublawine nieder, die das Hotel der Tunnelbauunternehmung unter sich begrub. Es starben zwölf Menschen. Einer davon war Niklaus Zerbrigg, der Urgroßvater von Bernhard, Georg und Wendelin.«

»Nu gut, Lawinen gab es in dem steilen Gelände wohl häufiger«, sagte Müller.

»Schon, aber die Gerüchte, die herumgereicht werden, besagen, dass Regina Brand als Wolfshexe über die Alpen gezogen sei und die Staublawine von der Faldumalp herunter ausgelöst habe.«

»Tolle Geschichte«, flachste Nicole.

Der Kurator erklärte: »Für uns heute schon. Damals hingegen war sie Anlass zu einer Familienfehde, zu einer Zeit, als man die Hexentribunale vergessen glaubte. Und es ranken sich Gerüchte, Regina sei nicht wirklich an der Grippe gestorben, sondern sie sei vergiftet worden.«

Nicole ließ den weiblichen Pragmatismus spielen: »Dann exhumieren wir sie. Das Gift wird doch noch nachzuweisen sein.«

»Willst du einen Krieg im Tal?«, fragte der Museumsdirektor.

»Wenn es der Wahrheit dient …«

Sie schlug die Lider auf, fügte dann aber an: »War nur Spaß!«

SAMSTAG, 6. JUNI 2015

»In einem Walliser Bergdorf lebte einmal ein Mann, der sich mitten in der Nacht auf seinen Rundgang machte«, begann Nicole unter der Pergola im »Schwarzen Kater« ihre Erzählung. »Er kommt an einer Scheune vorbei, wo eine Katze auf dem Türsturz sitzt. Weil sie so weit vom Dorf entfernt ist, wundert er sich. Er geht zu ihr hin und schreit: ›Du bist hässlich!‹ – ›Du auch‹, gibt sie ihm ruhig zur Antwort. Das verwirrt den Mann, und er fragt sie, wieso eine Katze reden könne.«

Mathilda hörte aufmerksam zu, gab nun Köpfchen und schleckte Nicoles Hand ab.

»Es stellte sich heraus, dass sich der Teufel in der Katze verborgen hatte. Oft begegnet man ihm in Gestalt eines Tieres. Deswegen wurde die Gegend auch ›das Tal des Teufels‹ genannt.«

Aus dem Hintergrund schwappten immer lauter drängende Bongoklänge in die Bar hinüber, bevor Mick Jagger den Refrain aus »Sympathy for the Devil« anstimmte.

Mathilda spitzte die Ohren, und Nicole sagte: »Das treibt den faulsten Teufel aus der Höllenrast.«

»Das Tal des Teufels?«, wollte Heinrich mit Bezug auf das eben Gehörte wissen.

»Das Val d'Hérens mit dem Hauptort Evolène«, erklärte Nicole. »Die Geschichte stammt von Marie Métrailler. Ihr Leben wird im Buch ›Die Reise der Seele‹ geschildert.«

»Nicht unsere Gegend«, brummte er.

»Nein. Aber es erklärt vieles, was sich im Lötschental

auch zugetragen haben mag. In dem Buch ist von einer mehr oder weniger glücklichen, zufriedenen Talschaft die Rede, in die sich Neid und Missgunst fressen, wann immer die Tage entbehrungsreicher werden oder der Gemeinsinn schwindet.«

»Zu Zeiten der Hexenverfolgung …«

»Oder mit den Erwartungen, die der Tourismus ins Tal bringt.«

»Eine anstrengende Gegend, dieses Wallis«, seufzte Müller und wandte sich seiner zweiten Flasche Apfelwein zu, die den brennenden Durst an diesem sattheißen Tag vertreiben sollte, bevor ein Gewitter Abkühlung versprach. Dann stand er auf, humpelte leicht in den ersten Stock hinauf und kam zurück mit der Maske, die er ausgeliehen hatte. Aus einem Wurzelstock geschnitten, wies sie knorrige Verwerfungen auf, die Augen lagen tief, die Nase wuchs krumm aus dem Gesicht hinaus und das Kinn sah aus wie nach einem Boxkampf. Gelblich verfärbte Kuhzähne steckten in einem Loch, das einem Mund ähnlich sah. Und der ganze Kopf war verklebt mit schwarzer Schafwolle, die sich schmalzig anfühlte und ranzig stank.

»Und so was schleppt man an der Fasnacht tagelang herum?«, wunderte sich Nicole.

»Nein, diese Maske ist nur zur Dekoration gedacht. Siehst du«, er drehte sie um, »sie ist hinten flach und kann gar nicht über den Kopf gestülpt werden.«

»Was willst du damit anfangen? Mathilda erschrecken?«

»Sie verkörpert das Archaische, den Schrecken, der noch aus den Urzeiten des Tales kommt, die Diebesbanden und Wegelagerer, die den Fortschritt bedrohen und immer dann auftauchen, wenn die Entwicklung in die verkehrte Richtung geht.«

»Das hilft uns aber nicht viel weiter«, gab Nicole zu bedenken, »genauso wenig wie die Teufelsgeschichten.«

»Aber wir können davon ausgehen, dass sie vor 100 Jahren noch mehr Bedeutung gehabt haben.«

»Bestimmt«, antwortete Nicole. »Worauf willst du hinaus?«

»Mir dreht sich immer noch die Geschichte mit Regina Brand im Kopf. Nehmen wir einmal an, die Menschen damals hätten die Verdächtigungen ernst genommen, diese Frau hätte Fähigkeiten, die man bereits vergessen glaubte, dass sie den Bau des Lötschbergtunnels aufhalten könnte …«

»Als Wölfin, die am Hang die Lawinen auslöst und damit den Fortschritt aufhält?«

»So ähnlich. Es gab ja kurz darauf noch einen zweiten, weit folgenschwereren Unfall. Am 24. Juli 1908 brach auf der Nordseite die Tunneldecke ein, als man unter dem Gasterntal in das Flussgeschiebe der Kander vordrang. Über 20 Arbeiter kamen ums Leben und mussten im Tunnel zurückgelassen werden, den man schließlich zumauerte.«

»Das bedeutet, sie liegen heute noch dort?«, fragte Nicole.

»Ja, denn man musste den Tunnel, der zuerst pfeilgerade unter dem Berg durchgezogen werden sollte, umleiten und unter festerem Gestein neu ansetzen. Deshalb gibt es heute eine leichte Kurve in der Trassenführung«, erläuterte der Detektiv.

»Dafür willst du aber Regina Brand nicht auch noch verantwortlich machen?«

Heinrich sagte: »Nein. Aber es zeigt, dass es bei diesem gewaltigen Werk Mächte gab, die man nicht beherrschen konnte. Das kam dem religiösen, aber auch dem animistischen Wesen der Lötschentaler entgegen. Nehmen wir an, die Familie Zerbrigg macht die Doyenne der Brand für den Tod ihres Stammvaters verantwortlich. Dann ist sie vielleicht nicht an der Grippe gestorben, sondern, wie es die Gerüchte besagen, vergiftet worden.«

»Du hast ja gehört«, wandte Nicole ein, »dass wir nicht exhumieren können.«

»Egal. Es reicht ja der Glaube daran, dass mit diesem Tod etwas nicht in Ordnung gewesen ist. Die Familienfehde nimmt da ihren Ausgang, brodelt jahre- und jahrzehntelang vor sich hin, bis es einen neuen Anlass für den Ausbruch der Feindseligkeit gibt. Zuerst einmal ist da das Projekt ›Lötschenblick‹, das die Familien spaltet.«

»Nach Aussagen der Jungs«, fasste Nicole zusammen, »sind die Brand Befürworter. Sie haben ja auch keine Nachkommen, die darunter leiden würden, und könnten von den finanziellen Vorteilen sofort profitieren. Die Zerbrigg hingegen gelten als Kritiker des Projekts.«

»Gabriel Furer hat mir zwei Porträtfotos mitgegeben.« Heinrich legte sie vor Nicole auf den Tisch. »Er hat gesagt, ich solle dich damit überraschen.«

Sie starrte die Bilder an. Das erste zeigte eine Frau um die 20 in einem engen dunklen Wams, das von vier tellerartigen Knöpfen mit Rosenmotiv und einer Sicherheitsnadel am Halsausschnitt, die einer Fibel glich, zusammengehalten wurde. Weißes Rüschen lag auf einem stumpfen Hals, auf dem ein rundes Gesicht mit dicklichen Lippen und einer breiten Nase thronte. Struppiges schwarzes Haar bedeckte den Kopf wie eine Perücke.

»Eine arme Bäuerin«, sagte Heinrich, »keine Hexe. Nur der starre Blick aus leuchtenden Augen verunsichert ein wenig.«

Auf dem zweiten Foto erkannte man das verhärmte, eingefallene Antlitz einer Frau im Sarg. Ein gesticktes Kissen stützte den Kopf, die vordem vollen Lippen fielen hinter das Kinn zurück.

»Ein Bild des Leidens«, erkannte Müller. »Ich sehe, die Überraschung ist gelungen.«

»Voll und ganz«, erklärte Nicole. »Woher stammen die Fotos?«

»Es sind Abzüge zweier Glasnegative von Nyfeler, zweier der frühesten übrigens, aus der Zeit, als er sich noch nicht dauerhaft im Tal niedergelassen hatte. Sie zeigen mit größter Wahrscheinlichkeit Regina Brand.«

»Er muss von den Gerüchten gehört haben«, flüsterte Nicole.

»Wussten die Zerbrigg-Brüder davon?«, überlegte Heinrich.

»Wahrscheinlich suchten sie danach, jedenfalls wird sich Bernhard, der Anthropologie studiert, dafür interessiert haben«, sagte Nicole. »Ich habe das Benutzerverzeichnis unserer Ausleihe konsultiert. Er hatte zweimal die Erlaubnis, sich unter Aufsicht im Depot umzusehen. Leider besteht kein Eintrag darüber, was er gesucht hat.«

»Darauf können wir aufgrund des Diebesguts schließen«, erklärte der Detektiv. »Ob sie mit dem Zerstören der Bilder die Hexe Regina Brand endgültig vernichten wollten? Ein moderner Scheiterhaufen sozusagen.«

»Es ist nur ein Puzzleteilchen«, seufzte Nicole. »Aber es geht einen Schritt weiter vom Dunkel ins Licht. Auf dem Porträt von Regina fällt das Licht von links ins Gesicht, grell und faltenlos wirkt es, während der Schatten von Nase und Kinn die rechte Seite fast vollständig verdunkelt.«

Heinrich fuhr fort: »Wegen der Aufsicht konnte Bernhard bei seinen beiden Besuchen nicht mitnehmen, was er gebraucht hätte. Deshalb brechen die drei Jungs in euer Museum ein und stehlen den Glasnegativen von Albert Nyfeler die Sammlung Goldstern, um die Tesseln mit den Grundrechtsanteilen an das Baukonsortium zu verkaufen. Das ergibt keinen Sinn. Wenn sie wirklich Gegner des Projekts wären, hätten sie ja den Bau des Hotels damit verhindern können.«

»Das glaube ich nicht. Denn juristisch gesehen wird man die Kerbhölzer zwar vorweisen, aber die damit verbundenen Rechte und Pflichten kaum mehr einfordern können, nachdem die Tesseln schon fast ein Jahrhundert im Museum liegen. Also geben die Zerbrigg der Talschaft gegenüber vor, das Projekt zu bekämpfen, kassieren aber hintenherum. ›Lötschenblick‹ zahlt, um Hindernisse aus dem Weg zu räumen. Den Zerbrigg-Brüdern ist es leichtgefallen, den Deal unter Dach und Fach zu bringen und dennoch ihr Ansehen im Tal nicht zu schmälern.«

»Und alle sind zufrieden, wenn da nicht der Tod von Anton Zerbrigg wäre …«

»… den kein Geld aufwiegen kann«, schloss Nicole.

Müller sagte: »Dumm an der Geschichte ist nur, dass keine absichtliche Tötung nachgewiesen werden kann.«

»Dumm ist nur, dass überhaupt niemand zur Rechenschaft gezogen wird, noch nicht einmal für den Mord am Kandersteg-Ötzi.«

»Mir läuft das alles zu kalkuliert ab«, erklärte der Detektiv.

»Das ist nur deinem ungestümen Wesen zu verdanken, deinen verqueren Gehirnwindungen, die in anderen Sphären denken als die der meisten Menschen. Der Durchschnittskriminelle sucht den geraden Weg, nicht das Arabeskenhafte, das du so gerne aufdröselst!«

Müller strahlte: »Das hast du schön gesagt. Mal schauen, ob das Projekt morgen durch die Abstimmung kommt. Falls nicht, wirst du meine Arabesken wachsen sehen!«

SONNTAG, 7. JUNI 2015

»In Kippel wäre es jetzt angenehm kühl, nicht so drückend heiß wie bei euch in Bern«, jammerte Gabriel Furer und kippte sich bereits das zweite Bier hinter die Binden.

Nicole konterte: »Es ist noch keine 28 Grad, es wird noch wärmer werden.«

»Dann besprechen wir, was zu besprechen ist«, sagte der Kurator des Lötschentaler Museums, »ab 30 Grad setzt mein Denken aus.«

Heinrich war eben aus dem Keller heraufgekommen und hatte eine Flasche kalifornischen Rosé mit dem vielversprechenden Namen »China Doll« heraufgeholt. Das Etikett zeigte eine rosawangige Porzellanpuppe mit fehlenden Armen und abgebrochenen Beinen auf fast schwarzem Hintergrund. Kein Text.

»Du willst einem Walliser fremdländischen Rosé einschenken?«, fragte Furer überrascht.

»Nicht jammern, trinken!«, befahl Heinrich.

Der blassrosa Wein punktete mit seiner frischen Säure und einem betörenden Duft nach Melonen, Herzkirschen und Jasmintee und vermochte selbst den Walliser zu überzeugen.

»Seltsamer Name«, brummte der Kurator, um dennoch etwas beizusteuern.

Müller sagte: »Heißt, soviel ich weiß, einfach Porzellanpuppe.«

Nicole erklärte: »Wird als Begriff aber auch gebraucht für die devote, exotische Asiatin, die den amerikanischen

Männern so sehr zu Diensten ist, dass sie ihr zu Ehren mehrere Filme gemacht haben. Puccinis Oper ›Madama Butterfly‹ gibt die Vorlage.«

»Wie auch immer, der Wein ist gut«, erklärte der Detektiv abschließend. Dann sagte er: »Heute ist der große Tag fürs Lötschental. Wie wird die Abstimmung ausgehen?«

»Ich traue der Sache nicht«, sagte Furer, »denn der Abstimmungstext ist schwer verständlich formuliert. Es wird nicht einfach gefragt: ›Lötschenblick‹ bauen oder nicht? Sondern auf dem Stimmzettel steht die Frage: ›Wollen Sie den Rahmenkredit für Infrastrukturbauten im Lötschental annehmen?‹. Vom eigentlichen Hotelbau ist nicht die Rede, da dafür kein öffentliches Geld fließt.«

Nicole schlug vor: »Bis die Resultate da sind, kümmern wir uns um andere Angelegenheiten. Besten Dank für die Abzüge von den Glasnegativen. Sie haben uns sehr geholfen. Die ganze Angelegenheit erscheint jetzt in klarerem Licht. Wenn das stimmt, was wir uns zurechtgelegt haben, fehlen nur noch wenige Antworten.«

»Welche wären das?«, wollte Gabriel wissen.

»Der Tote vom Oeschinensee und seine Verbindungen ins Wallis.«

»Ich habe euch noch etwas anderes mitgebracht«, sagte der Kurator und zog eine Mappe mit dem Signet des Lötschentaler Museums aus seiner Umhängetasche. »Es hat sich bisher erstaunlicherweise niemand näher mit der Firma ›Lötschenblick‹ beschäftigt.«

»Die standen ja noch nicht unter Mordverdacht«, sagte Nicole. »Hat sich das nun geändert?«

»Das nicht«, meinte Furer. »Ihr erinnert euch. Es gab diesen Marius Kippeler, der Mitte des 19. Jahrhunderts nach Amerika ausgewandert ist, um dort sein Glück zu machen, weil ihn die immense Zerstückelung des Erbguts im Wallis keine Zukunft mehr sehen ließ. Denn ihm gehörten nur noch ein paar Eigentumsrechte an den Alpweiden, unter anderem auf der Faldumalp. Er hat sie also in großer wirtschaftlicher Not weitergereicht, und zwar an wen?«

»Du sprichst in Rätseln«, sagte Nicole.

»An die Familie Zerbrigg!«

»Und nun«, schloss Nicole, »haben die Kippeler ihr Eigentum zurückgekauft.«

Heinrich gab sich selbstsicher und sagte: »Man kann Tesseln gar nicht verkaufen.«

Gabriel Furer war nachdenklich geworden und meinte: »Die Familie hat kein eigentliches Recht im heutigen Sinne erworben.«

»Sondern?«

»Die nostalgische Vorstellung, wieder zu Hause zu sein, wieder Lötscher zu werden.«

»Dafür zahlen sie drei Millionen?«, sagte Nicole skeptisch.

»Sie kaufen sich die Familiengeschichte zurück«, meinte der Kurator. »Das ist Amerikanern viel wert.«

»Wir sollten sie dazu befragen.«

»Unmöglich«, erwiderte Müller. »Die hocken in den USA. Zudem hat ihr Anwalt mitgeteilt, dass die Familie keine Stellungnahme abgibt, bis der Bau des ›Lötschenblick‹ bewilligt ist.«

»Also nie!«, sagte Nicole.

»Die Verweigerung einer Stellungnahme bedeutet aber wohl …«, Heinrich pfiff durch die Zähne, »der Anspruch auf Alprechte, der durch die Tesseln bezeugt wird, könnte juristisch doch stichhaltig sein.«

»Nicht nur das. Es heißt auch, dass der heutige Investor

Martin Kippeler davon Kenntnis hat«, sagte Furer. »Solange er aber nichts dazu sagt, sind wir auf Vermutungen angewiesen. Glaubt Kippeler wirklich, dass diese Tesseln das Alprecht auf der Faldum begründen? Belässt er es bei den Beteuerungen der Zerbrigg-Jungs, ohne weiter nachzufragen?«

Nicole fiel ins Gespräch ein: »Du meinst, die Kippeler haben nicht viel anderes getan, als ihren Familienbesitz zurückzukaufen. Aber ... wenn man das ein bisschen weiterdenkt, könnte man auf die Idee kommen, dass Martin Kippeler schon früher Kontakt zu den Zerbrigg gesucht hat.«

»... und dass er die Jungs zum Diebstahl im Alpinen Museum angestiftet hat«, fuhr Gabriel weiter, »denn ohne Kerbhölzer, das heißt ohne Besitznachweis, kein Deal. In diesem Sinne haben die Zerbrigg-Brüder nicht nur irgendwelche Tesseln verkauft, sondern sie haben etwas rückgängig gemacht, das in der Vergangenheit als Unrecht gedeutet worden ist.«

»Kippeler zahlt also ein beträchtliches Schweigegeld, damit er über die leidigen Angelegenheiten nicht sprechen muss, damit alte Geschichten nicht wieder ans Licht gezerrt werden. Denn er will nicht über die Not seiner Familie reden, die von einer andern Lötschentaler Sippe ausgenützt worden ist.«

Heinrich überlegte: »Und als das allein nicht funktioniert hat, hat er nachgeholfen, indem er die Gerüchte um Regina Brand wieder aufleben ließen, sodass Moritz Brand die Arbeit übernahm, den Anton Zerbrigg auszuschalten.«

»Vielleicht, denn er war einer, der die ganze Sache hätte an die große Glocke hängen können.«

Nicole sagte: »Ach, aus heutiger Sicht ist das alles weit hergeholt. Wegen so alter Geschichten begeht doch niemand einen Mord.«

»Es sind eben nicht nur die Geschichten. Kippeler will als Wohltäter ins Tal zurückkehren«, erklärte Furer. »Und er erkennt ein Geschäft, wenn es eines zu tätigen gilt.«

»Dann hätte er aber noch warten müssen«, sagte Müller. »Wenn der Kredit heute abgelehnt wird, ist es nur noch ein bedeutender Verlust, und dann sitzt Kippeler auf ein paar Landfetzchen, die er nicht mal mit Ziegen bewirtschaften kann.«

»Abwarten«, sagte der Kurator. »Es gibt ein paar Details, von denen ihr noch nichts wisst.«

»Der Mann ist eine Wundertüte«, seufzte Nicole. »Er kennt nicht nur alle Hexengeschichten …«

»… sondern auch diejenigen vom Teufel«, erklärte Gabriel, »oder von Engeln – je nachdem. Es geht um die Finanzierung. Nun ratet mal …«

»Nicht schon wieder …«, stöhnte Nicole und schüttelte die Fransen aus der Stirn.

»Gut. Es geht auch ohne zu raten.« Man merkte jedoch deutlich, dass ihn der Verzicht wurmte. »Vielleicht kann die Polizei später die Finanzbewegungen entschlüsseln. Ich habe nur die Verflechtungen des Firmenkonstrukts ›Alpintower‹ überprüft, eine Gesellschaft mit Sitz auf den Cayman-Inseln und Beziehungen zu verschiedenen Finanztrusts, denen niemand ein Interesse an einer Hotelanlage in den Alpen zugetraut hätte.«

»Warum nicht?«, fragte Nicole. »Irgendwo müssen die Reichen doch herkommen, die später eine Seilbahn in ein schweineteures Luxushotel auf einer abgelegenen Alp nehmen sollen.«

»Schon, aber die sollen ja für ihren Aufenthalt bezahlen. Andererseits …«, überlegte Furer. »Also, ich sag's euch: Mit mehreren Millionen im Firmenvermögen und mit zwei Personen im Verwaltungsrat steckt der Vatikan!«

»Wie bitte?«, fragte der Detektiv.

»Zählt zwei und zwei zusammen. Junge Männer aus dem Lötschental verrichten seit Generationen Söldnerdienste in der Schweizergarde. Es bestehen also direkte Beziehungen zum Vatikan. Die Kippeler mögen dabei gewesen sein oder nicht, das spielt keine Rolle, es gibt auch andere Kontakte. Die Bank des Vatikans wurde durch Finanzskandale gebeutelt, sucht also diskrete und sichere Anlagemöglichkeiten, am liebsten mit einem katholischen Hintergrund.«

»Auch das noch«, seufzte Nicole. »Mafiageld im Oberwallis.«

»Man wird sich nicht mehr auf Kleingeld im Opferstock verlassen können, wenn das die Leute erfahren«, erklärte Heinrich.

»Ich sehe jetzt natürlich, wie man das Projekt in Schwung bringt, nachdem das Hotel gebaut worden ist«, meinte Nicole. »Bisher sind wir immer von einem immensen Aufwand ausgegangen, um Leute anzulocken. Nun geht es einfach und elegant. Man fliegt für ein verlängertes Wochenende den Papst ins Lötschental ein, und die finanziellen Sorgen sind vergessen, die Kapelle ›Maria zum Schnee‹ wird ein internationaler Wallfahrtsort, die Papamobile stauen sich im Felsenparkhaus.«

»Und das Beste ist«, ließ Furer die Katze aus dem Sack, »egal wie die Abstimmung ausgeht: Von den Beteiligten macht niemand einen Verlust.«

»Das musst du mir aber erklären«, forderte Müller.

»›Lötschenblick‹ ist vor Kurzem an die Börse gegangen. Der Aktienwert hat sich verdoppelt, seit der Einsatz des Vatikans durchgesickert ist. Viele Kleinanleger sind mit Begeisterung in den Markt eingestiegen. Ich gehe davon aus, dass Kippeler und der Vatikan ihre Aktienanteile bereits wieder abgestoßen haben.«

»Dann können sie doch gar nicht mehr entscheiden«, sagte Nicole.

»So lange sie im Verwaltungsrat und in der Geschäftsleitung des Unternehmens hocken, geht das schon«, erklärte der Kurator. »Sie müssen die Firma nicht besitzen. Wenn die Gesellschaft also Konkurs gehen sollte, trifft das nur noch die Aktionäre. Kippeler wird man in den USA, einem Eldorado der freien Marktwirtschaft, kaum zur Rechenschaft ziehen können, denn er hat nichts anderes gemacht als viele andere Firmen, die Publikumsaktien auf den Markt gebracht haben. Und was willst du gegen den Vatikan unternehmen?«

»Ein teuflischer Plan«, nahm Heinrich zur Kenntnis.

»Im Gegenteil: ein himmlischer!«

Nebenan lief seit geraumer Zeit der Fernseher. Gegen 18 Uhr sei mit ersten Resultaten der Volksabstimmung im Wallis zu rechnen, sagte ein Nachrichtensprecher.

Fast so pünktlich wie eine Schweizer Uhr trafen sie auch ein, bis auf einzelne Gemeinden war das Tal ausgezählt. Das Ergebnis war eindeutig: Die Vorlage wurde abgelehnt, und zwar deutlich. Nicht nur das französischsprachige Unterwallis mochte den Lötschentalern das Papstdomizil nicht gönnen, auch im Oberwallis war die Opposition siegreich.

»Eine Schlappe auf der ganzen Linie«, triumphierte Gabriel.

»Na ja«, brummte Müller. »Wenn der Papst nun auf Zerbriggs Alpwiesenschnipsel ein Hüttchen baut und sich nach oben karren lässt, könnt ihr doch noch eine Messe feiern. Einfach ohne Tschäggättä.«

DONNERSTAG, 11. JUNI 2015

Nach den neuen Erkenntnissen und – zugegeben – auch Spekulationen hatte die Walliser Kriminalpolizei im Lötschental Hausdurchsuchungen durchgeführt. Bei Moritz und Emma Brand in Wiler fand man nur eine penibel geputzte Wohnung vor, in der kein Staubkörnchen auch nur einen Tag überlebt hätte. Ein Anwalt war nach einem Anruf schnell zur Stelle und beobachtete das Vorgehen der Polizei, ohne es weiter zu kommentieren.

Der einzige Fund, den man in den Unterlagen machte, waren zwei Aktien von »Lötschenblick«. Sie würden Moritz Brand weder reich machen, noch würde ihn ein Wertverlust finanziell beeinträchtigen. Weitergehende Zusammenhänge mit der Betreibergesellschaft ließen sich nicht ausmachen und waren auch durch keine Aussage in Erfahrung zu bringen. Nach wie vor bestand nur ein Verdacht der Beteiligung an einem Tötungsdelikt. Nachzuweisen war dem Manne aber nichts. Anton Zerbrigg konnte für seinen Tod sehr wohl selber verantwortlich oder einem unglücklichen Zufall zum Opfer gefallen sein. Das Dilemma war nicht zu lösen.

Bei den Zerbrigg in Blatten hingegen kam der Einsatz der beiden Polizisten der Gendarmerie Visp einem Putzanlass gleich. Man hätte kaum dringender auf einen Reinigungstrupp warten können. In einer Ecke des Kellers lagen noch die Tschäggättä-Masken und die damals verwendeten Kostüme, auf denen man wohl zahlreiche Spuren hätte finden können, wenn die ganze Angelegenheit nicht bereits bekannt und gestanden gewesen wäre.

Die neu gewählte Gemeinderätin Thrina Huoter stand in Abwesenheit der Familie hilfreich im Weg, ein zerbrechliches, beinahe ätherisches Wesen in ausgebleichten Jeans und hellblauer Bluse. Die Sommersprossen auf ihrer alabasterweißen Haut und die tiefdunklen, wässrigen Augen verstärkten den Ausdruck der Ratlosigkeit in ihrem Gesicht.

Nach beinahe drei Stunden schien ein Durchbruch gelungen zu sein. Innelor Hosenden fand eine schwarze Kladde, in die Anton Zerbrigg einige persönliche Notizen eingetragen hatte. Es gab Modellzeichnungen, aus denen zu Beginn niemand schlau wurde. Man beließ es vorerst bei der Feststellung, dass sich Spezialisten darum kümmern müssten. Und es gab Unterlagen mit Bezug zum Lötschberg-Basistunnel.

»Und nun kommen wir ins Spiel«, erklärte Hans Jennitz den Anwesenden. Und sie waren alle in Visp vor Ort. Das Sitzungszimmer des Gendarmeriepostens war gut gefüllt mit Markus Forrer, der *Detektei Müller & Himmel*, Gabriel Furer sowie Anne Willis und Simon Zerzuben aus Sitten, die sich inzwischen fragten, weshalb sie mit den Informationen so weit im Rückstand waren.

Jennitz projizierte eine Seite nach der anderen an eine weiße Wand und stellte die Frage, was damit anzufangen sei.

»Von unserer Kriminalpolizei habe ich einen vorläufigen Bericht bekommen. Ich fasse zusammen«, begann Innelor, »wir haben hier Zeichnungen des Lötschberg-Basistunnels vor uns. Es ist eine Aufsicht auf die Gleisanlagen, die etwas verwirrend wirkt, weil teilweise die Doppelspur, die man ja nicht zu Ende gebaut hat, eingezeichnet ist.«

»Was sind das für Wurmfortsätze links und rechts?«, wollte Forrer wissen. Dem Berner Polizisten war das Projekt nicht mehr geläufig.

Die Hosenden erklärte: »Der Basistunnel ist nach über 20-jährigen Vorbereitungsarbeiten von 1996 an gebaut worden. Der fahrplanmäßige Betrieb wurde im Dezember 2007 aufgenommen. Die Bauzeit für den 34,6 Kilometer langen Tunnel war also extrem kurz. Das konnte nur gelingen, weil man von beiden Seiten her mit Tunnelbohrmaschinen vortrieb und zudem zwei Zugangsstollen errichtete, den einen bei Mitholz, den andern bei Ferden, also eigentlich in Goppenstein. Diese Zeichnungen zeigen nun offenbar den Zugangsstollen in Ferden sowie die heiklen Gesteinsschichten, den sogenannten Jungfraukeil mit einer Wasser führenden Schicht, die unter besonders hohem Druck steht und die beim Tunnelbau umgangen werden musste, einerseits wegen dem Tunnel selber, andererseits weil man davon ausgeht, dass diese Schicht mit den Thermalquellen in Leukerbad in Zusammenhang steht. Man hätte sonst den Thermalbädern den Hahn zugedreht.«

»Weshalb hat sich Zerbrigg dermaßen für diesen Tunnel interessiert?«, fragte Nicole.

»Vielleicht kann ich weiterhelfen?«, sagte Markus Forrer. »Ich habe hier die Auswertung der Papiere von Kurt Arnold, die unsere Abteilung für Wirtschaftskriminalität erstellt hat. Ich erspare euch den Zahlensalat. Arnold hat akribisch festgehalten, welche Gelder im Zusammenhang mit dem Tunnelbau geflossen sind. Er war damals im Nationalrat in der ›Kommission für Verkehr und Fernmeldewesen‹.

Anton Zerbrigg war Geschäftsleiter und alleiniger Inhaber der Baufirma, die den Ausbruch auf der Südseite aus dem Lötschberg-Basistunnel geschafft hat. Es liegen die detaillierten und genehmigten Abrechnungen vor. Nun hat Arnold aber auch Dokumente gesammelt, die darauf hindeuten, dass Zerbrigg fiktive Rechnungen in Höhe von gut zwei Millionen Franken ausgestellt hat. Konkret hat er Transportkosten verrechnet, das Ausbruchmaterial aber entweder tonnenweise verschenkt oder es nach dem Konkurs seiner Firma in der Rhoneebene bei Raron liegen lassen, von wo es später – wiederum mit öffentlichen Geldern – auf die Riesendeponie Riedertal gekippt wurde.«

Innelor sagte: »Die Kontoauszüge der Familie, die wir eingesehen haben, zeigen aber, dass das Geld inzwischen aufgebraucht oder verschwunden ist. Also musste neues her.«

»Leider können wir Anton Zerbrigg dazu nicht mehr befragen«, meinte Jennitz, »aber uns ist aufgefallen, dass er sich mehrere detaillierte Zeichnungen und technische Notizen zum Zugangsstollen Ferden gemacht hat. Daraufhin haben wir uns den Projektbeschrieb des ›Lötschenblick‹ noch einmal genauer angesehen. Insbesondere haben wir eine erste Fassung davon in die Finger bekommen, die ebenfalls bei Zerbrigg aufbewahrt wurde, von der aber seither nie mehr die Rede war.«

»Das bedeutet«, schloss Anne Willis, »dieser Zerbrigg war von Anfang an in das Projekt involviert.«

»Genau«, sagte Jennitz, »obwohl er offiziell immer als Gegner aufgetreten ist. Der Zusammenhang erschließt sich vielleicht aus diesen Urkunden. Auf einer Skizze ist der Zugangsstollen ausgebaut mit einer liftähnlichen Anlage. Das heißt, man hätte im Lötschbergtunnel einen Bahnhof eingerichtet und von dort aus die Passagiere direkt per Lift nach Goppenstein geführt.«

»Gar keine schlechte Idee«, ergänzte Innelor, »denn die Distanz zur Ausbruchstelle wäre nur etwa 300 Höhenmeter gewesen. Das ist technisch problemlos machbar. Man hätte also ganze Touristenmassen durch diesen Aufzug aus dem Schnellzug ins Lötschental hieven können.«

»Es gibt aber keinen Hinweis darauf, dass dieses Projekt weiterverfolgt worden ist?«, fragte Müller.

»Wahrscheinlich war es der ›Lötschenblick‹ doch zu riskant, das Budget zu sehr zu belasten. Man sollte nicht vergessen, dass sie alle Infrastrukturkosten der öffentlichen Hand aufbürden wollte«, sagte Jennitz.

»Was ja nun schiefgegangen ist«, meinte Zerzuben.

Jennitz fuhr weiter: »Man hätte das Projekt später immer noch erweitern können. Zerbrigg jedenfalls hat daran geglaubt. Vielleicht hätte er Land verkaufen können oder sonst einen Anteil an der Planung gehabt, wir wissen es nicht. Möglicherweise wollte er als Bauunternehmer wieder mit einsteigen und ›Lötschenblick‹ hat der Familie sozusagen das Versprechen abgekauft, darauf zu verzichten. Interessant sind jedoch die Notizen auf den nächsten beiden Seiten. Da schreibt er auf, wann er im Zusammenhang mit dem Tunnelbau wen getroffen hat.«

An der Wand erschienen auf den ersten Blick unübersichtliche Zeichen. Jennitz legte nun eine Folie über das Papier und bedachte sie mit blauen Kringeln, die jeweils das Kürzel KA umrahmten.

»Kurt Arnold«, stellte Heinrich fest. »Der Link ins Kandertal! Arnold war ja in den entscheidenden Jahren Nationalrat in Bern und später als Lobbyist für die ›Alptransit‹, die Baugesellschaft des Lötschbergtunnels, unterwegs. Obwohl Kandersteg einen Nachteil davon hat, dass die Züge nun nicht mehr an der Ortschaft vorbeifahren und dort oben einen Halt einlegen.«

»Aber es muss viel Geld im Spiel gewesen sein, sonst hätten sich die beiden nicht so häufig getroffen«, stellte Nicole fest. »Kannst du weiterblättern? Wir suchen doch noch einen konkreten Hinweis auf den Mord an Arnold.«

»Wie gewünscht«, reagierte der Angesprochene und schlug die letzte Seite des Hefts auf. Dort stand ein durchgestrichenes Datum von Anfang Januar.

»Ob Moritz Brand diese Zusammenhänge bewusst waren?«, fragte Innelor. »Leider gibt es keinerlei Hinweise darauf, dass die Brand in den Bau des Basistunnels involviert waren«, sagte der Sittener Kriminalpolizist. »Es ist schon erstaunlich genug, dass wir in den Unterlagen eines Toten Hinweise auf einen Mord auf der andern Seite des Lötschbergs finden. Da können wir nicht auch noch damit rechnen, dass der einzige lebende Verdächtige uns alles freiwillig auftischt, wenn er ansonsten unbeschadet aus der ganzen Situation herauskommt.«

»Ein schlechtes Gewissen ist auch bei Katholiken nicht mehr en vogue«, seufzte Innelor.

Hans Jennitz schloss seine Betrachtungen: »Wir müssen also damit leben, dass Anton Zerbrigg mit großer Wahrscheinlichkeit den Kurt Arnold aus Kandersteg am Oeschinensee erschossen hat und dann selber Opfer eines Unfalls oder eines Anschlags geworden ist, bei dem er von der Fluh stürzte. Und damit, dass wir dafür niemanden zur Verantwortung ziehen können. Daneben gilt der Einbruch ins Alpine Museum als lässliche Sünde.«

»Du bist gut«, protestierte Nicole. »Immerhin sind die Tesseln verschwunden!«

»Davon können wir dir ein paar mitgeben«, sagte Gabriel Furer, »wir haben genügend davon. Und ob es welche von der Faldum- oder von der Fafleralp sind, wird in Bern niemand bemerken.«

»Der Fall wird also geschlossen?«, fragte Müller.

»Jedenfalls haben wir keinen Antrag an den Staatsanwalt gestellt. Solange wir keine weiteren Erkenntnisse haben, können wir niemanden verhaften und vor Gericht stellen«, meinte Anne Willis.

»Schlafen wir noch einmal darüber«, schlug Nicole vor. »Wir steigen morgen wieder auf die Faldumalp. Wer kommt mit?«

Bis auf die Sittener hoben alle die Hand.

FREITAG, 12. JUNI 2015

»Unruhig« war das Beste, was man über die Nächte im Lötschental sagen konnte – jedenfalls wenn die *Detektei Müller & Himmel* im Tal weilte. War es vielleicht so, dass die beiden Detektive der Anlass für diese Unruhe waren, dass man ihre Aufmerksamkeit erregen wollte?

»Mir egal«, jammerte Heinrich Müller am nächsten Morgen, »ich möchte einfach mal durchschlafen können.«

Denn gegen den frühen Morgen weckten Schreie des Entsetzens das Tal. Jeder verstand sofort, dass es nicht das Krakeelen einiger Betrunkener war, das die Leute geweckt hatte. Ein Schlafloser hatte es zuerst gesehen. Am Anfang zog es wie ein Raunen von Dorf zu Dorf, dann wie ein kollektiver Schrei. Die Faldumalp brannte!

Als Heinrich und Nicole aus ihren Fenstern schauten, hätten sie auf ein besonders intensives Alpenglühen schließen können. Sie schlurften in ihren Pyjamas auf den Balkon neben dem Frühstückszimmer, um besser zu sehen. An einem Punkt flackerte das Licht, schoss in Spritzfontänen hoch, schlug Feuerhaken, schickte Flammen in die dunkle Nacht, bevor es in sich zusammensackte, erst weiterglimmte, um endlich ganz zu erlöschen und der Nacht ihr Recht auf Dunkelheit zurückzugeben.

Dann erst erkannte man den Grund für diese schnelle Veränderung. Im letzten Feuerschein landete ein Löschhelikopter auf der Alp. Nun wurde klar, dass das Feuer beim Kreuz begonnen hatte, die Alphütten und wohl auch die Kapelle gerettet werden konnten.

»Diese Idioten«, flüsterte Nicole, »die hätten die ganze Alp abfackeln können.«

»Wen meinst du?«, fragte Heinrich, noch schlaftrunken.

»Da haben die Zerbrigg-Jungs ein Zeichen gesetzt«, sagte sie. »So ein Holzkreuz fängt nicht von alleine Feuer, schon gar nicht mitten in der Nacht.«

»Du magst recht haben. Es ist der Ort, wo ihr Vater zu Tode gestürzt ist.«

Einige Bewohner von Ferden, die auf der Faldum eine zum Ferienhäuschen umgebaute Hütte besaßen, waren bereits ins Auto gestiegen und die ersten steilen Kurven hochgefahren. Da konnte man hupen, so lange man wollte, die Straße ins Tal hinunter war zum Kreuzen zu voll, der Fluchtweg der Zerbrigg-Jungs blockiert, es war kein Durchkommen mehr.

Sie hatten zu lange gefeiert, bevor sie ans Fliehen gedacht hatten. Es gelang ihnen noch, bevor die ersten oben angelangt waren, bis zur Abzweigung zurückzufahren, wo sich der Weg in Richtung Resti- und Kummenalp gabelte. Sie gaben Gas und fuhren wieder hinauf. Von der Kummenalp her hätten sie den Verfolgern zu Fuß entkommen können. Bald aber durchkämmte ein zweiter Helikopter die Höhen, erfasste das Auto mit seinem Suchscheinwerfer, landete vor dem Hotel »Kummenalp« und erwartete die Flüchtenden. Es war zwar nicht die Polizei, aber die Zerbrigg-Jungs sahen sich erkannt und gaben auf.

»Ihr veranstaltet hier eine Schmierenkomödie«, fluchte Hans Jennitz, den man in der Frühe nach Ferden kommandiert hatte.

»Spielt euch nicht so auf«, entgegnete der älteste Bruder bockig, mit verrußtem Gesicht. »Es ist bloß Sachbeschädigung, ein bisschen abgebranntes Holz.«

»Und die Alp?«

»Die stand nie in Gefahr. Dafür haben wir gesorgt. Und wenn schon. Alles nur materielle Werte.«

Jennitz setzte noch zu: »Euch ist bewusst, dass ihr euch im Tal nicht mehr blicken lassen könnt?«

»Wir wohnen sowieso nicht mehr hier«, sagte der Schweizergardist.

»Klar, in Rom werden sie dich begeistert empfangen, nachdem du das Kreuz Christi abgefackelt hast. Es stand länger auf der Faldum als fast alle Kapellen auf den Alpen.«

Wendelin erblasste. So weit hatte er offensichtlich nicht gedacht.

»Der Papst hat dir wohl nicht gesagt, dass der Vatikan am Baukonsortium beteiligt ist? Jetzt hat er den Sündenbock dafür, dass sein ›Lötschenblick‹ gescheitert ist.«

»Wir finden eine Lösung«, tröstete Bernhard seinen Bruder. »So viel ist dieser Gott nicht wert, wenn er es zulässt, dass man unseren Vater ungestraft ermordet.«

Jennitz schüttelte den Kopf.

»Wir haben ja dafür gesorgt, dass niemand zu Schaden kommt«, sagte Wendelin kleinlaut.

»Halt doch einfach den Mund«, meinte Bernhard ärgerlich.

Jennitz wunderte sich, sagte aber: »Der Brand ist nun gelöscht.« Und als er »Brand« sagte, erkannte er die tiefere Bedeutung des Geschehenen. Es war die symbolische Verbrennung des Mannes, der für alle als Mörder von Anton Zerbrigg galt, dem man es aber nicht nachweisen konnte.

Wendelin druckste ein wenig herum, bevor er sich wieder zu Wort meldete: »Es ist noch ein wenig Dynamit oben.«

»Dynamit?«, ereiferte sich der Polizist. »Wo habt ihr das her?«

Eine sinnlose Frage, wie er sogleich erkannte, denn es war wichtiger, schnell zu wissen, wo es versteckt war. Glücklicherweise hatte Wendelin davon erzählt, auch wenn ihn sein Bruder zum Schweigen bewegen wollte.

»Wir haben es vor zehn Jahren als kleine Jungs von der Lötschbergtunnel-Baustelle in Goppenstein gestohlen. Es sollte ein Jux sein.«

»Wo ist es jetzt?«, drängte Jennitz.

»Vor dem Kreuz auf der Faldum gibt es im Gestein einen kleinen Spalt. Dort hinein haben wir es gesteckt und mit einer Zündschnur versehen. Es sollte die Felsnase absprengen, aber erst, nachdem wir geflüchtet waren.«

»Und wie wolltet ihr es zünden?«

»Wir haben das Holzkreuz eingekerbt, bevor wir es angezündet haben, damit es auf die Zündschnur fällt, wenn es zusammenbricht. Wir wären dann schon im Tal gewesen.«

Georg Zerbrigg beklagte sich: »Wir haben einen Idioten in der Familie!«

»Aber wenn es nun durch einen Zufall doch noch explodiert? Vielleicht hat der Helikopter nicht jede Glut gelöscht. Und jetzt sind Menschen oben. Damit könnte ich nicht leben.«

»Mit Mord haben wir nichts zu tun«, zitierte Jennitz die drei Brüder. »Eure Aussage!«

Jetzt knickten auch Bernhard und Georg ein. Ihre Gesichter wurden blass, die Hände zitterten, sie senkten den Blick.

»Das Dynamit ist schlimm genug«, erklärte der Polizist. »Damit haben wir die Bundesanwaltschaft mit im Boot. Ihr könnt also nicht mehr einfach so hier rausspazieren.«

In Georg war immer noch ein Rest rebellischen Trotzes vorhanden, als er das Schlusswort sprach: »Das Lötschental wird nicht zur Ruhe kommen, solange der Tod unseres Vaters nicht gerächt ist.«

Die Kriminalpolizei Sitten hatte einen Beutewagen geschickt, um die Zerbrigg-Jungs erneut ins Untersuchungsgefängnis zu überstellen.

Die Aufregung hatte sich ein wenig gelegt, die meisten Menschen in Ferden gingen wieder ihrer Alltagsarbeit nach. Die knisternde Stimmung und die übermüdeten Gesichter erinnerten aber noch länger an die Ereignisse der vergangenen Nacht. Die von den Frühschoppentrinkern angehimmelte junge Dame aus Deutschland, die die Terrasse des Restaurants gegenüber der Postautohaltestelle bediente, hatte einigen Restschlaf aus ihren blonden Locken zu schütteln, und als der Chauffeur im Vorbeifahren hupte, schlenzte der eng anliegende grüne Rock noch nicht verführerisch über die weichen Hüften.

So etwa wird die Qualität des heutigen Tags sein, dachte Heinrich, alles leicht verrutscht.

Nicole Himmel, Heinrich Müller, Gabriel Furer, Innelor Hosenden, Hans Jennitz und Markus Forrer waren inzwischen in Ferden vor dem Niederer-Haus versammelt und warteten auf die beiden Autos, die sie auf die Faldumalp fahren sollten.

»Das Gebäude stammt aus dem Jahr 1552, eines der ältesten im Tal«, erklärte Gabriel Furer und zeigte auf die nachgedunkelten Holzteile, die im Originalzustand erhalten geblieben waren. »Es gehört seit den 50er-Jahren der Familie Niederer. Heute ist es Bestandteil einer Stiftung und kann vorwiegend von Volkskundlern zu Studienzwecken bewohnt werden.«

»Nur von Volkskundlern?«, fragte Nicole ironisch.

»Anthropologinnen würden sie auch akzeptieren«, flachste der Kurator. »Professor Niederer hat an der Universität Zürich Volkskundliche Kulturwissenschaften gelehrt und sich auf die alpinen Regionen konzentriert. Er hat Albert Nyfeler gekannt.«

»Die Lötscher als Aborigines der Schweiz«, sagte Müller knochentrocken, fand aber keine Zustimmung.

»Und Eugénie Goldstern?«

»Nein, die nicht«, sagte Gabriel, »damals war sie bereits verstorben. Aber Niederer hat immer wieder auf ihre Dorfmonografie über Bessans aufmerksam gemacht und im Sommer 1967 vor Ort mit seinen Studenten eine vergleichende Bestandesaufnahme erstellt. Vor einigen Jahren konnte man im Niederer-Haus eine kleine Ausstellung zu Eugénie Goldstern besichtigen. Heute«, seufzte er, »gibt es in einem Gästehaus in Bessans ein Eugénie-Goldstern-Schlafzimmer.«

»Es gibt keinen Schutz mehr vor touristischer Ausbeutung«, sagte Nicole.

»... und vor symbolhafter Überhöhung«, ergänzte Heinrich.

Schließlich standen die Autos bereit.

Auf der Faldumalp waren die Spuren der nächtlichen Ereignisse auf den ersten Blick zu sehen und würden es noch eine Zeitlang bleiben. Die Polizisten, die das Dynamit gesichert und entfernt hatten, waren bereits abgezogen. Die Überreste des Kreuzes dampften in der Nässe der Löschflüssigkeit wie ein angenagter schwarzer Knochen. Der Blick über das Lötschental war wie immer spektakulär. Der eine oder andere Bauch knurrte bereits ein wenig, denn das Frühstück lag doch schon ein paar Stunden zurück.

Gabriel erkannte das Problem und entschuldigte sich: »Die Faldum ist neben der Weritz die einzige Alp ohne Kneipe.«

»Zeit, dass endlich das Hotel gebaut wird«, brummte Nicole.

»Wir sind unser eigener Gastbetrieb.« Furer zog einen Picknick- und einen Flaschenkorb aus dem Kofferraum. Vor der Kapelle »Maria zum Schnee« setzten sie sich auf die Holzbank oder ins Gras.

»Walliser Trockenfleisch, gekochte Eier und ein Stück Alpkäse«, erklärte der Kurator, »und Innelor hat Wein mitgebracht.«

»Leider nur Rotwein«, bedauerte sie und füllte die Gläser aus dem Online-Shop ihrer Dienstelle mit einem feinen Pinot Noir aus Salgesch.

»Ihr wisst ja, die Weißweingläser sind ausverkauft.«

Die Stimmung schwang bereits ins Fröhliche. Der Blick in die Berge, rechts vom Wilerhorn über das Bietschhorn hinüber zur eisbedeckten Lötschenlücke und links über den Petersgrat vermittelte einen erhebenden, aber auch beruhigenden Eindruck.

»›Lötschenblick‹ war eigentlich ein passender Name«, erkannte Nicole.

»Ein friedliches Tal«, sagte Forrer. »Es dürften nur friedliche Menschen hier wohnen.«

»Die Fremden sind an allem Übel schuld«, erklärte die Hosenden. »Jedenfalls hört man das an jedem Stammtisch. Selbst wenn wir hier nur unsere Arbeit machen, steckt das Übel nicht im Tal, sondern wir bringen es mit.«

»Das hat etwas«, sagte der Kurator. »Früher war man vollauf damit beschäftigt, auf bescheidenem Niveau zu überleben. Viel Gemeinsinn war nötig, jeder half beim

Bau einer neuen Alphütte. Das gesamte Tal hat sogar über Jahrhunderte Geld gesammelt, Münze für Münze in eine schwere Truhe gelegt – den Talschaftskasten, auch ›Talsekl‹ genannt –, um sich 1790 von der Herrschaft der ›fünf oberen Zenden‹ freizukaufen und wieder auf eigenen Beinen zu stehen. Es brauchte je einen Vertreter aller vier Gemeinden mit seinem Schlüssel, um den Kasten zu öffnen. So bestand hier schon lange eine demokratische Kontrolle über das gemeinsame Vermögen.«

Furer stockte einen Augenblick, die Tränen standen ihm zuvorderst.

»Die Truhe befand sich früher im Kirchturm von Kippel. Heute steht sie im Museum«, fügte er an.

Innelor fuhr fort: »Mit dem Tourismus kam das Geld, mit dem Bahnbau zogen die ausländischen Arbeiter ins Tal, jedenfalls bis Goppenstein, und heute die Leute im Gastgewerbe, denn dem Lötschentaler ist das Bedienen von Fremden nicht in die Wiege gelegt.«

»Letzthin habe ich an einem Stammtisch gefragt: Und die Schurtendiebe?«, erzählte Hans. »Wer hat die Schurtendiebe von der Sonn- auf die Schattseite vertrieben? Das waren die Walser! Und wer bitte sind die Nachkommen der Walser? Das seid ihr! – Ich habe mich in Zorn geredet. – Ihr seid also die Fremden, die das Übel ins Tal gebracht haben!«

»Man sieht dich bestimmt gern in der Gegend«, scherzte Markus Forrer.

Jennitz zuckte die Schultern. »Es gibt Schlimmeres als ein paar dumme Plauderi!«

»Es gibt auch Schöneres«, sagte Nicole.

»Genau. Albert Nyfeler zum Beispiel hat sein Leben damit verbracht, das perfekte Licht in seine Gemälde zu bringen. Er hat mit der Sonneneinstrahlung gearbeitet, mit Licht und Schatten, mit dem Blau des Himmels.«

Auch jetzt gab sich der Himmel Mühe, mit seinem perfektesten Blau zu punkten. Eine kleine weiße Wolke in Schäfchenform half ihm dabei.

Gabriel fuhr fort: »Es gibt ein paar Aquarelle, in denen er der perfekten Farbe nahekommt, in seinen Ölgemälden ist es ihm nicht immer gelungen.«

»Er hat sich also sein ganzes Leben lang dem Ideal nur angenähert?«, fragte Müller. »Vielleicht wollte er es nicht erreichen. Vielleicht wäre es *zu* perfekt gewesen. Er wollte das Heilige nicht zerstören durch ein Abbild.«

»Gustav Renker hat es in seinen Bergromanen auch versucht«, sagte der Kurator.

Nicole schloss: »Also eine Seelenverwandtschaft. Sie waren ja beide zur gleichen Zeit im Tal.«

Furer erzählte: »Sie haben genau hier gesessen. Albert Nyfeler hat zumindest ein paar Fotos von diesem Standort gemacht. Und da drüben, auf der Lauchernalp, besaß er eine Hütte, in der er Monate verbrachte, oft sogar im Winter. Gustav Renker war mehr als einmal zu Besuch.«

Heinrich Müller lenkte nun das Gespräch in eine andere Richtung.

»Die Gedanken entstehen beim Gehen«, deklamierte der Detektiv, »und die Lösung eines Falles, indem man über ihn spricht.«

»Heute muss der Pinot Noir dafür genügen«, sagte Furer. »Zum Wohl. Auf die erfreuliche Zusammenarbeit!«

»Ein Problem ist noch nicht endgültig geklärt«, meldete sich Hans Jennitz. »Wir können nicht beweisen, dass Moritz Brand für den Tod von Anton Zerbrigg verantwortlich ist.«

»Er verweigert jegliche Aussage zu diesem Thema. Er macht es wie seine Schüler. Er gibt immer nur das zu, was man ihm Schwarz auf Weiß belegen kann«, ergänzte Innelor Hosenden.

Markus Forrer, der am meisten Erfahrung mit der juristischen Abwicklung von Kriminalfällen hatte, erklärte: »Manchmal gibt es unüberwindbare Lücken in der Beweiskette. Selbst wenn es jemandem gelingen würde, Brand zum Geständnis zu bewegen, dass er die Champagnerglasscherbe in die Schuhsohle gesteckt hat, ist der folgende Sturz nur als ein zufälliges und kaum als ein gewolltes Ereignis einzustufen. Dass Anton Zerbrigg dabei zu Tode kam, kann ebenfalls als Zufall gewertet werden. Es hätte ja auch sein können, dass sich die Scherbe bereits beim ersten Tritt oder erst am andern Tag in den Fuß gebohrt hätte. Oder Zerbrigg hätte die Schuhe für einmal nicht angezogen … Ihr seht, es gibt kaum Anhaltspunkte für eine Verurteilung. Der Tod von Anton Zerbrigg wird wohl als Unfall in die Akten der Walliser Kriminalpolizei eingehen.«

»Moritz Brand konnte also den Tod seiner Urgroßmutter rächen, ohne dass man ihn dafür belangen kann?«, fragte Innelor.

»So sieht es aus. Ist das ein Problem für euch?«

»Wenn man weiß, dass die Söhne des Opfers durchaus kriminelles Potenzial haben«, erklärte die Hosenden, »dann verspricht das für die Zukunft wenig Gutes. Die Familienfehde geht also weiter, wenn man an die Drohung der jungen Leute denkt.«

Heinrich meldete sich: »Ich glaube, die Angelegenheit ist abgeschlossen. Dieser Zweig der Brand-Familie wird mit der jetzigen Generation aussterben, und die jungen Zerbrigg werden ihr weiteres Leben fern der Heimat nicht mit einem Mord belasten wollen.«

»Es braucht immer einen, der das Gute im Menschen sieht«, schloss Nicole.

SAMSTAG, 20. JUNI 2015

Der erfolgreiche Abschluss des Falles hatte sich bereits weit herumgesprochen, und so war an diesem Samstag der »Schwarze Kater« voll besetzt, denn wenn man irgendwo mit »Party« brillieren konnte, waren alle vor Ort. In der hinteren Ecke, neben der Tür hinaus in das Treppenhaus stand ein neuer Birnbaumtisch, ein exklusives Handwerksprodukt einer Schreinerei in Ramsei, das Nicole Himmel vor über einem halben Jahr bestellt hatte und das vor zwei Tagen endlich geliefert worden war.

»Er kommt zwar spät, dafür ist aber das Holz trocken«, hatte der Schreiner gemurmelt.

An diesen Tisch setzten sich die am Fall Beteiligten: Heinrich Müller natürlich als Hausherr, desgleichen Nicole Himmel, Markus Forrer von der Police Bern und seine Kollegen aus Visp, Innelor Hosenden und Hans Jennitz sowie Gabriel Furer vom Lötschentaler Museum. Einzig aus Sitten war niemand angereist. Der Rechtsmediziner Dr. Augsburger, Ueli Wanner aus Kandersteg, Magdalena Im Ager und Raphaela Bigler hatten am Katzentisch Platz genommen, während sich Mathilda mit den drei Grazien ans Bistrotischchen neben der Bar gefläzt hatte.

An Esswaren und Trinksame hat es in der *Detektei Müller & Himmel* noch nie gefehlt. Alle schlugen zu, soweit es der Appetit erlaubte.

Der Schankraum war dekoriert mit Objekten, die mit dem Fall zu tun hatten. Nicole hatte sie im Verlauf der letzten Woche zusammengetragen. Die Tschäggättä-Maske hing über der Bar und verdeckte die Absinthes. An den Wänden hingen Gemälde von Albert Nyfeler, Leihgaben aus dem Depot des Lötschentaler Museums, daneben Nyfelers Fotos mit denselben Sujets, hauptsächlich Bergbilder und Ansichten der verschiedenen Dörfer. Moderne Aufnahmen von der Faldumalp und vom Oeschinensee bedeckten die übrigen Wände.

»Es muss dem Lokal schlecht gehen«, flüsterte Gwendolin Rauch in ihrer unnachahmlich lauten Art, »wenn es schon Sponsoring von den Tourismusorganisationen erhält.«

»Man kann nicht immer nur Partys veranstalten, die nichts einbringen«, mümmelte Phoebe Helbling. »Manchmal muss man auch arbeiten.«

Melinda Käsbleich setzte nach: »Frag doch mal, was das Mieten einer Wand kostet. Wenn wir groß in den Kunsthandel einsteigen, brauchen wir vielleicht ein bisschen Ausstellungsfläche.«

»Beobachten wir erst mal, ob diese Schinken hier verkauft werden«, sagte Gwendolin und betrachtete die Nyfeler-Gemälde mit Abscheu.

Nicole hatte zugehört und konterte mit einem Lächeln: »Diese ›Schinken‹ sind Museumsstücke und werden nicht verkauft.«

»So ein Mist aber auch«, konterte Melinda. »Man hätte euch ein wenig Einkommen gegönnt.«

»Dann bezahlt in Zukunft einfach eure Konsumation«, schlug Nicole vor.

Aber die Ohren der drei Grazien hatten sich bereits erfreulicheren Dingen zugewandt.

So kam es, wie es immer kam. Nach einigen Stunden Palaver und Resümieren der Ereignisse befanden sich alle im

Zustand einer wohligen Trunkenheit und hatten – soweit nicht bereits früher geschehen – Freundschaft über die Kantonsgrenzen hinaus geschlossen und Komplimente ausgetauscht. Einige waren schon nach Hause gegangen, und Nicole hatte die Tür zugesperrt, damit man unter sich blieb. Mathilda lag auf dem Bistrotischchen neben einer Pfütze Wasser, denn sie hatte bei einem Trinkversuch ein Glas umgestoßen. Alle andern saßen nun um den Birnbaumtisch herum. Es war eng geworden, aber man fühlte sich wohl.

»Du schuldest uns noch die andere Hälfte der Lebensgeschichte von Eugénie Goldstern«, sagte Phoebe zu Nicole.

»Wir haben zwar inzwischen die Biografie von Albert Ottenbacher gelesen«, behauptete Gwendolin, »aber du erzählst so gut.«

Melinda fragte: »Gibt es eigentlich auch ein Foto, auf dem Eugénie lächelt, oder hat sie immer diesen leicht depressiven Zug um den Mund?«

Tatsächlich sah Eugénie Goldstern auf allen bekannten Bildern eher leidend aus. Mit dem weich gezeichneten, pausbäckigen Gesicht und den hochgesteckten Haaren hatte sie große Ähnlichkeit mit ihrer Mutter Marie. Auch das Doppelkinn war der Familie geschuldet. Eugénies tief liegende dunkle Augen, der lange Strich der Brauen und die weichen, breiten Lippen gaben ihr, wenn sie denn einmal den Ansatz eines Lächelns zeigte, die geheimnisvolle Schwermut einer Mona Lisa.

»Ich kenne leider keines«, antwortete Nicole, »aber ich kann mir vorstellen, dass eine ehrgeizige Frau aus einem traditionellen jüdischen Haus in Wien ohne eigene Familie mitten im Ersten Weltkrieg nicht viel zu lachen hatte. Und auch danach nicht, wie sich herausstellen wird. 1918 erhält Eugénie endlich wieder die Genehmigung, in die Schweiz einzureisen. Damals ist sie in den Saastälern und im Lötschental unterwegs. Im selben Jahr kommt sie Ende November für sechs Monate nach Bern, bevor sie sich an der Universität Fribourg immatrikuliert, wo sie Geografie, Geologie und deutsche Literatur studiert. Eugénie war unter anderen für ihren Berner Professor Rudolf Zeller, der gleichzeitig Direktor des Alpinen Museums war, im Engadin unterwegs und wurde – da sie kein Hausiererpatent habe – von der Polizei einvernommen und gebüßt.«

Nicole nahm die Kopie eines Briefes in die Hand und las vor: »Sie schreibt am 26. Oktober 1920 an Zeller: ›Ich wäre Ihnen recht dankbar, wenn Sie die Güte haben wollten, mir bei dem mir heute zugestoßenen, recht unangenehmen Zwischenfall behilflich zu sein [...] Ich möchte Sie daher vielmals bitten, Herr Professor, an den Gemeindepräsidenten Dr. Regi in Schuls umgehend express zu schreiben und ihm zu bestätigen, dass ich dem Berner Museum mehrere volkskundliche Objekte nur geschenkweise überlassen und nie solche verkauft habe. Ferner, dass ich meine Studien in Bern und Freiburg gemacht und in Freiburg im Juni doktoriert habe; dass ich mich nun wissenschaftlich betätige und nur aus Interesse und Vorliebe für die Volkskunde einige für das betreffende Volk charakteristische Gegenstände sammle, die ich aber nicht verkaufe, sondern entweder für mich behalte oder einem Museum geschenkweise überlasse.‹ Darüber hinaus ist über ihre Berner Zeit kaum etwas bekannt.«

»Zeit ist relativ«, warf Gwendolin ein, »jedenfalls hat das Albert Einstein 13 Jahre früher in derselben Stadt herausgefunden.«

»Gab es da das Alpine Museum schon?«, wollte Heinrich wissen.

»Ja«, sagte Nicole. »Es entstand 1902 auf Initiative des Schweizer Alpen-Clubs SAC. 1905 wurde es an seinem ersten Standort eröffnet, im Saal des Rathauses zum Äusseren Stand, das der Architekt Albrecht Stürler 1730 im Barockstil errichtet hatte, gegenüber der Französischen Kirche.«

»Also dem Dominikanerkloster, das den Skandal um den Jetzerhandel zu verantworten hatte«, sagte Heinrich.

»Genau. 1933 erst konnte das Alpine Museum das neue Gebäude beziehen, in dem es jetzt noch zu finden ist.«

»Wir haben inzwischen alle gestohlenen Gegenstände zurückbekommen«, sagte Raphaela Bigler. »Nur die Tesseln verbleiben im Lötschental. Wir können also das Erbe weiter in Ehren halten.«

Nicole fuhr mit der biografischen Erzählung fort: »Eugénie besucht auf ihren Feldstudien weitere Gegenden in den Schweizer und Tiroler Alpen. Die politischen Verhältnisse allerdings werden bereits Anfang der 20er-Jahre schwieriger, und das Leben der Goldsterns wirkt zerrüttet. Eugénie reist in Europa hin und her, unstet und irgendwie ziellos. Unter anderem besucht sie Galizien, die ursprüngliche Heimat ihrer Familie, heute zwischen Polen und der Ukraine aufgeteilt.

Eugénie versucht anschließend unter dem Einsatz bedeutender finanzieller Mittel, im Volkskundemuseum Wien Fuß zu fassen, was ihr nicht gelingt. Ihre umfangreiche Sammlung verschwindet im Depot. Erst Jahrzehnte später erinnert man sich an die bedeutende Volkskundlerin, widmet ihr eine größere Ausstellung, und neuerdings ist neben dem Eingang des Museums eine Gedenktafel für seine jüdischen Gönner angebracht.

1924 erscheint der letzte Artikel von Eugénie Goldstern in der ›Wiener Zeitschrift für Volkskunde‹, und zwar über

›Alpine Spielzeugtiere‹, die Sammelobjekte, die ihr Leben geprägt haben.«

Einige gekerbte Holzkühe lagen auf dem Tisch und machten die Runde, während Nicole aus dem Artikel vorlas: »So sind beispielsweise im Lötschental die Spielzeugtiere aus Holz heute nur mehr selten zu finden, während diejenigen aus Knochen noch allgemein verwendet werden. [...] Kurzum alles, was das Kind bei den Erwachsenen täglich beobachtet, wiederholt es mit seinen kleinen Spielherden. Dabei könnte man meinen, dass die betreffenden Spielzeugtiere gleichfalls möglichst naturgetreu wiedergegeben werden. Das ist jedoch durchaus nicht der Fall. [...] Werden dann die Spielzeugkühe auf die Weide geführt, so pflegen die Kinder Kampfspiele der ›Beinerkühe‹ zu veranstalten. Man stellt dabei die Knochen gegeneinander auf und schlägt mit der Faust auf den Boden; die erste Kuh, die fällt, ist die Besiegte. [...] Als ich zum ersten Mal ein Kind mit gegabelten Aststücken spielen sah, erkundigte ich mich bei ihm nach deren Bedeutung. Ganz erstaunt darüber, dass ich so etwas Selbstverständliches nicht weiß, antwortete mir die Kleine: ›Na, Kühe sind es, jede hat doch ein Glockenband‹. Dass aber die Kühe keine Beine und auch sonst keine Merkmale einer Kuh hatten, kam absolut nicht in Betracht. Sie hatten Hörner und Glockenband, also waren es Kühe. [...] Das Kind begnügt sich jedoch nicht mit allgemeinen Kosenamen, sondern jedes Individuum erhält gewöhnlich noch seinen Eigennamen, wie Lisa, Morin, Mara u. s. w., den ihm das Kind auf den Rücken einkerbt oder mit dem Bleistift auf die Bauchfläche hinkritzelt. Die Spielzeugkühe werden sorgfältigst gepflegt. Ja, die Sorge um ihr Wohlbefinden geht so weit, dass sie beschlagen werden, ›wenn sie im Sommer auf die Alm gehen sollen‹.«

Die Knochenstücke, die ebenfalls auf dem Tisch lagen, betrachtete man aus respektvoller Distanz. Nicole Himmel nahm eines davon in die Hand und presste es beschützend zwischen den Fingern, als sie zum Schluss ihrer Geschichte kam: »Eugénie ist nach wie vor polnische Staatsbürgerin, erhält aber 1933 einen österreichischen Pass. Ihr Leben wird jedoch mit der Übernahme der Nazi-Ideologie durch die Österreicher und ab 1938 mit dem Anschluss Österreichs ans Deutsche Reich immer schwieriger. Trotzdem kann sich die Wissenschaftlerin nicht zur Flucht entschließen.

Mitte Juni 1942 wird Eugénie Goldstern von den Nazis verhaftet und nach Ostpreußen deportiert, wo man sie entweder in der Kleinstadt Izbica oder im nahe gelegenen Konzentrationslager Sobibor ermordet.«

EPILOG

Die quälend hochtönigen Geigen stimmten das Klagelied eines Verzweifelten an, bevor weitere Instrumente in die schwermütige Melodie einfielen, ein schaurig-schöner Trauermarsch.

»Wenn es Trompeten wären, würde es mich an New Orleans erinnern«, sagte Nicole.

Heinrich antwortete: »Es ist transsilvanische Volksmusik. Ich habe die CD vor Jahren in Ungarn gekauft.«

Er las vor: »Laka ›Kicsi‹ Aladar und Fodor Sandor ›Neti‹, zwei Geiger, die ihr Lebenswerk aufgenommen haben.«

»Brrrr ...« Nicole schüttelte sich. »Totenmusik aus dem Lande Draculas.«

Als ob sie ihren Einwand gehört hätten, stolperten die Musiker unvermittelt in eine fröhliche Tanzweise hinein, bei der die Handorgel den Rhythmus angab. Immer schneller drehte er sich vor der stets gleichen Melodie, bevor er zuletzt in einem tiefen Ton abbrach.

»Das Leben ist zurückgekehrt«, erkannte der Detektiv.

Nachdem die drei Grazien die Matura mit Augenaufschlag, Schlafzimmerblick und Spickzetteln auf dem Handy bestanden hatten, sagten die Eltern zu ihren Töchtern: »Studiert etwas, was euch im Leben weiterbringt.«

Das ließen sich die drei nicht zweimal sagen, denn das Eine wussten sie alle: Der »Schwarze Kater« war nur eine Sprosse auf der Leiter zum Ruhm.

Also belegte Melinda Käsbleich an der Hochschule der Künste einen Kurs in Design, Phoebe Helbling hatte sich an der Uni auf Wirtschaftswissenschaften festgelegt, wollte jedoch lieber »etwas mit Film« machen. Gwendolin Rauch hingegen legte eine kreative Pause ein und stand einem windigen Kunstmaler Modell, der behauptete, die Fotografie habe ihren Zenit überschritten, die Welt wende sich wieder dem edlen Handwerk zu – der aber kein Geld hatte, um Gwendolin für ihre Sitzungen zu bezahlen.

Tagelang hatten die drei im »Schwarzen Kater« damit genervt, dass sie auch eine Ausstellung machen wollten, die sozusagen das Thema des letzten Falles abschließen sollte. Nachdem sie durch keinerlei gutes Zureden von ihrem Vorhaben abzubringen waren, ließ man sie gewähren und stellte ihnen die Wand hinter dem Eingang zur Verfügung. Sie bauten Paravents auf und machten drei Tage lang aus ihrer Installation ein Geheimnis. Dann luden sie zur Vernissage.

Zur festgesetzten Zeit, als es wie üblich um eine Einführung ins Thema und um eine Würdigung der Ausstellung ging, waren gerade mal fünf Personen anwesend: Nicole Himmel, Heinrich Müller und die drei Grazien selbst.

Unbeeindruckt vom mäßigen Publikumsinteresse eröffneten sie die Show. Sie waren aufgebrezelt wie die Leitkühe beim Alpabzug. Rote und weiße Nelken steckten hinter den Ohren von Melinda, Gwendolin trug eine weiße Lilie im Haar und mimte Unschuld, und Phoebe hatte sich einen Gänseblümchenkranz aufs künstlich blonde Haupt gesetzt.

»Erwartet ihr noch jemanden?«, fragte Nicole ungeduldig.

Melinda würdigte sie keines Blickes, zog einen zusammengefalteten Zettel aus der rot karierten Bluse und las ein paar einleitende Worte vor. Gleichzeitig schoben die andern beiden die Stellwände zur Seite. Man blickte nun auf eine Wand voller scheinbar sinnlos aneinandergereihter Fotografien.

»›Helden von heute‹ heißt unsere Ausstellung«, erklärte Gwendolin. Vor ihr auf einem gläsernen Salontisch stand eine schwarz verdeckte Figur. Aus den Lautsprechern erklang eine Fanfare, die Phoebe zum Anlass nahm, am schwarzen Tuch zu ziehen. Es verfing sich, Phoebe zerrte etwas stärker, der Tusch war bereits verstrichen, das Objekt darunter drohte zu kippen, und das von Nicole ausgeliehene Seidenfoulard zerriss an einer Stelle, die nicht wieder instand gesetzt werden konnte. Aber eine Figur stand nun frei, noch etwas wankend, doch den entsetzten Blicken ausgeliefert.

Die Tschäggättä-Maske, die Heinrich Müller im Lötschentaler Musuem ausgeliehen hatte, war auf eine hölzerne Plinthe montiert, in der Mitte mit einem Beil gespalten, das noch im Wurzelstock steckte, und über und über mit schamanistischen Zeichen bemalt. Die Fotos an der Wand waren ähnlich verziert – oder sollte man sagen entstellt? Im Gesicht der Dargestellten fanden sich Symbole aus den Geheimwissenschaften dieser Welt, Drudenfüße, keltische Sonnenräder, altägyptische Ankh-Zeichen und das abwehrende Auge eines Fischerboots vom Mittelmeer.

»Malta«, antwortete Phoebe auf eine Frage, die niemand gestellt hatte. »Nicht, dass wir schon mal vor Ort gewesen wären. Aber der Hexenkult begann vor 5.000 Jahren auf der Insel Gozo in der Grotte der Kirke.«

Unter den »Helden von heute« fand sich neben berühmten Sportlern und umstrittenen Pop-Ikonen auch gescheiterte Revolutionäre wie Che Guevara oder Rosa Luxemburg. Es schien eine Hierarchie zu geben, die sich einem nicht sofort erschloss. Am Ende der Reihe jedoch prangte ein Foto der Zerbrigg-Jungs. Alle drei auf einem Bild.

Melinda sagte: »Es stammt aus dem Archiv der Walliser Kantonspolizei. Wir haben es besorgt. Männer wie diese braucht unser Land.«

Sie schüttelte die schwarzen Locken aus der Stirn. Sie war definitiv noch nicht fertig mit ihrer Ansprache. »Aus dem zivilen Ungehorsam heraus, den uns diese Männer exemplarisch vorgelebt haben, ist in den nächsten Jahren noch einiges zu erwarten. Wir jedenfalls sind bereit.«

In diesem Moment öffnete sich die Tür und ließ etwas Sonnenlicht auf das gespenstische Geschehen fallen. Dann trat eine Frau ein. Sie trug einen weißen Hosenanzug mit schmalen schwarzen Karostreifen, einen eierschalenfarbenen Tropenhelm, unter dem lange braune Haare hervorwuchsen, und eine blau getönte Sonnenbrille, die sie absetzte, als sie in den »Schwarzen Kater« trat.

»Mein Name ist Nesa Blantscho«, stellte sie sich vor, »ehemals Pressesprecherin der Firma ›Lötschenblick‹. Ich suche eine neue berufliche Herausforderung.«

Nicole antwortete verdutzt: »Bei uns ist gerade keine Stelle frei.«

»Setz dich zu uns«, jubelten die drei Grazien. »Wir können jede Unterstützung brauchen. Der Kampf hat gerade erst begonnen!«

Und ein Sturm kam auf, ein Hexenwind erster Güte, der Mathilda in den vermeintlichen Schutz der eigenen vier Wände, Nicole Himmel und Heinrich Müller hingegen beinahe in den Wahnsinn trieb.

VERDANKUNG

Bei den unten erwähnten Personen möchte ich mich ganz herzlich bedanken!

Für fachliche Informationen beziehungsweise das Überprüfen einzelner Textteile auf fachliche Richtigkeit:

Daniel Anker: Journalist, Spezialist für Bergliteratur
Thomas Antonietti: Kurator Lötschentaler Museum
Raphaela Bigler: Alpines Museum der Schweiz
Charles-Louis Joris: Geologe, Visp
Manfred Lukaschewski: Kriminalrat a. D.

Für die Begleitung auf den Recherche-Wanderungen: Walter Geissberger

PAUL LASCAUX
Nelkenmörder

978-3-8392-1770-2 (Paperback)
978-3-8392-4803-4 (pdf)
978-3-8392-4802-7 (epub)

»Paul Lascaux verwebt seine beiden Leidenschaften miteinander: Kunst und Krimi.«

Heinrich Müller ersteigert ein Reisetagebuch aus der Renaissance. Daraus erfährt er die Geschichte von Paul Löwensprung, der für Sandro Botticelli gearbeitet hat und einer der »Nelkenmeister« war.

Währenddessen stirbt in Florenz ein Kunsthändler auf brutale Weise. Die Ermittler Heinrich Müller und Nicole Himmel unterstützen die Florentiner Polizei und stoßen bald auf einen Zusammenhang zwischen dem Tagebuch und dem Toten. Auf den Spuren des Tagebuchs, geraten die beiden immer tiefer in den Dunstkreis von Raubkunst, Kunstfälschern und Geldwäscherei.

Das Neueste aus der Gmeiner-Bibliothek

Unser Lesermagazin

Bestellen Sie das kostenlose Krimi-Journal in Ihrer Buchhandlung oder unter www.gmeiner-verlag.de

Informieren Sie sich …

www … auf unserer Homepage:
www.gmeiner-verlag.de

@ … über unseren Newsletter:
Melden Sie sich für unseren Newsletter an unter www.gmeiner-verlag.de/newsletter

f … werden Sie Fan auf Facebook:
www.facebook.com/gmeiner.verlag

Mitmachen und gewinnen!

Schicken Sie uns Ihre Meinung zu unseren Büchern per Mail an gewinnspiel@gmeiner-verlag.de und nehmen Sie automatisch an unserem Jahresgewinnspiel mit »mörderisch guten« Preisen teil!